Sonya
ソーニャ文庫

ネクロフィリアの渇愛

葛城阿高

JN131404

イースト・プレス

contents

プロローグ　魔女が死んだ日

人里離れた森に棲《す》み、まじないや薬を売って暮らす、いかにも怪《あや》しい女たち。人間と同じ姿をして人間と同じく感情を持ち、男との性交渉で子を成《な》せる程度には肉体的にも人間に限りなく近い。その一方で人間にはない豊富な知識と魔力と長い長い寿命を持ち、時に人を助け、時に人を欺《あざむ》いたりもする。その存在を、人々は〝魔女〟と呼んだ。

イヴ・シェルシャクも魔女の一人だった。

イヴの実年齢は三百に届きそうだというのに、姿は若い娘そのもの。

瞳は澄んだ空色で、プラチナブロンドの長い髪と白い肌は清らかで美しい。珊瑚《さんご》色の唇が紡ぐ声は鳥のさえずりのように穢《けが》れを知らず、魔女特有のハーブの香りが体に染みついていなかったら、イヴのことを魔女だと気づく者は誰一人としていなかっただろう。

イヴは人間社会との繋がりを完全に断ち切ることはしなかったが、他の魔女と同様に、進んで関わろうともしなかった。

なぜか。その原因は、かつてこの国にいた魔女アビゲイル。

彼女は王の家臣を唆《そそのか》し反乱を起こさせ、国家転覆を目論んだ。その計画は失敗に終わり、アビゲイルも火炙《ひあぶ》りの刑に処《しょ》され、魔女に対する人間の評価は地に堕《お》ちた。それ以降、魔女は迫害を避けるために人から隠れて暮らすようになった。

イヴも助けを求めてやってくる者には惜しまず薬を調合し、分け与えたが、それだけ。儲《もう》け話を持ちかけられても薬師として王宮に招かれても決して応じることはなく、人間と馴れ合うことを避けながら長い歳月を生きてきた。

ある日、見知らぬ男が薬を求めてイヴの元を訪れる。

その男は二、三十代の青年で、ひどい不眠症の主人のために睡眠薬を分けてほしいとやってきた。薬はイヴの生業《なりわい》でもあったから、青年の要望どおりのものを用意した。

「症状が改善した時点で飲むのをやめてもいいし、引き続き飲んでもいいわ。もし追加が欲しければ、また取りにいらしてね」

青年に薬を渡したのち二週間ほどは、何事もなく日々が過ぎた。青年の再訪もなかった。薬は十日分渡しており、伝えた通りに飲んだならすでに薬がなくなっている頃。来ないということは症状が改善したのだろう、とイヴは思っていた。

それからまた一週間ほどしてから、例の青年がやってきた。今度は主人だという五十代前後の男を連れて。

「あの薬を調合したのはそなたか。とてもよく効《き》いたから、礼をさせてほしい」

男の顔に皺《しわ》やシミはあるものの、目の下にはクマもなく、健康的でハリのある肌をしていた。

「悩みがなくなったのはいいことだわ。でも、すでに代金は受け取っているから、お礼なんて不要よ」

「いいや、素晴らしい薬をもらったのに、このままではこちらの気がすまない」

いくら断っても礼がしたいと言って聞かない彼らに根負けし、イヴは二人を屋内へ招き入れた。ダイニングで待つように伝え、お茶の用意をするためキッチンへ向かう。

そのときふと、金属の擦れる鋭い音がわずかに聞こえたような気がした。

嫌な予感に振り返ったときには、ダイニングにいるはずの男たちがイヴのすぐ後ろにまで迫っていた。二人の手には剣が握られ、若者は殺気立ち、中老の男は歪《ゆが》んだ笑みを浮かべている。

二人が発する明らかな敵意に、イヴは鍋や包丁、皿や野菜など、そこらにあるものを手当たり次第に投げつけるが、男たちは怯《ひる》まない。

「あの睡眠薬はとてもよく効いた。感謝するが、貴様には死んでもらう」

壁際に追いやられたイヴに、中老の男が嬉しそうに告げた。

「とてもよく効いたというのなら、どうしてわたしにこんな真似を？」

「……最期《さいご》にこれだけは教えてやろう。貴様を殺す理由は『口封じ』だ」

イヴは『口封じ』という言葉に、睡眠薬が悪用されたことを察知した。何に使われたのかまではわからないが、口封じが必要な用途などよからぬことに決まっている。

魔女の暮らしは孤独だ。魔女アビゲイルのせいで人間に嫌われ、住み処を追われることもあった。

それでもイヴは、他の魔女たちと違い、人間たちから完全に離れはしなかった。

人助けがしたかった。人と積極的に関われずとも、薬を通じて誰かを助け、喜ばせたかったのだ。結局その思いは悪事に利用され、本来の用途とは異なることに使われてしまったけれど。

自分が調合した薬はいったい何に使われ、誰を苦しめたのか——。

イヴの中では男たちへの怒りより、被害者に対する罪悪感のほうが勝っていた。薬の行方を暴《あば》くことを、己の使命にすら感じた。

しかし、差し迫った危機を脱する術《すべ》もなく、イヴは殺されてしまった。

胴の中心に突き立てられた剣は体を貫き背後にあった柱に刺さって止まり、磔刑《たっけい》に処されるようにしてイヴは絶命したのだった。


「……死んだか？」

「はい。脈も息もなく、いくら魔女でも、この出血量で助かるとは思えません」

「そうだな。死体は予定どおり布に包んでコロアノス山に埋めてこい。私は先に戻る」

「御意」

イヴは確かに殺された。肉体からはおびただしい量の血液が溢れ、生命活動も停止していた。だが、彼らの会話はすべてはっきりと彼女の耳に届いていたし、彼らの姿も瞼《まぶた》を透過して見えていた。

魔女の力には個体差があり、その能力も千差万別。イヴは魔女の中でも、一風変わった能力を持っていた。

蘇生能力だ。誰かの協力さえあれば、イヴは死んでも何度でも生き返ることができた。

不死ではないが不死に限りなく近く、死んだとしてもイヴの肉体は腐らない。一種の休眠状態のまま、誰かが起こしてくれるまで、ずっと眠り続けるのだ。

イヴは山中に埋められた後、すぐに第三者によって掘り起こされた。しかし、目覚める機会を得られぬまま、幾度も場所を移されて長い歳月が経過した。

そして今、イヴのそばには男が一人。

「ああ……なんて美しい髪だろう。まるで金の糸のようだ。白い肌も美しい。きめ細やかで陶器《とうき》みたいで、赤ん坊かそれ以上だ」

人に忘れられ棺《ひつぎ》の中で眠り続けていたイヴを、発見したのがこの男。

男はイヴが死んでいると知りながら、とある倉庫から棺ごと自室に連れ帰った。そしてイヴを穴が空《あ》くほど見つめては、褒めて褒めて褒めまくった。

「珊瑚色の唇もいい。ここに触れることを許されるのは、どれほど幸運な男なのだろうか。きっと瞳も美しいのだろうな。その瞳に私を映してくれたなら、火の中でも水の中でも、私は臆《おく》せず進める気がする」

もしもイヴが生きていたら、顔から火が出るくらい、ひどく赤面していただろう。

——ええと……つまり、わたし……死体なのに口説かれているのかしら？

当然ながら、イヴは死んでいる。

イヴの持つ能力によって体は腐敗していないものの、息もせず、脈もなく、生命活動を停止している。

にもかかわらず、棺の中のイヴを男は恍惚《こうこつ》の表情で見つめていた。

男は二十代の青年で、容姿に恵まれ身なりもいい。自室に死体など連れ込まなくても、生身の女性の恋人くらいいくらでも見つかっただろう。

だからこそ、イヴにはこの状況がとても理解しがたかった。

「はぁ……だめだ、辛い、美しすぎる。こんなに美しい人がいたなんて……困った。一生離れられそうにない。こんな気持ち初めてだ、いったいどうしたらいいのかわからない……」

――わたしだって、どうしたらいいかわからないわ……。

男もまさか、己の声がイヴに届いているとは夢にも思っていないだろう。率直な台詞《せりふ》が男の口から飛び出すたびに、イヴはまごついてしまう。

すると突然、男がピタリと動きを止めた。愕然として、何かに気づいた様子だ。

「もしかして、あなたが死体だからこそ、私はこんなにも惹《ひ》かれているのか!?」

――ちょっと、何言ってるの……? 『死体だからこそ』って、まさか死体性愛者《ネクロフィリア》?

もしかしてわたし、絶体絶命、貞操の危機!?

男の爆弾発言に、イヴは嫌な予感しかしない。

さっぱり整った黒髪に、きりりとまっすぐな眉、センスのいいジャケット。そんな外見に惑わされ、イヴは男を過剰に評価していたのかもしれない。誠実そうな見た目をしていたから、自分に無体を働いたりしないと、イヴは勝手に思い込んでいた。

しかし彼が死体性愛者だというのなら、話はまったく別なのである。

――わたしこれからどうなるの？　薬のことも調べたいし、蘇生に協力してもらうことだって考えていたのに……どうしよう、変態男の扱いなんて知らないわ……。

イヴが戸惑う一方で、男はゆるく頭を振り、端正な顔を歪めて笑った。

「いや……まさか。私は狂ってなどいない。……たぶん」

イヴはすかさず突っ込みを入れる。

――いいえ、確実に狂ってるわっ！　死体を連れ帰ることも死体を口説くことも、普通の人はしないのよ？　お願いだから、気づいてっ！

男はイヴの焦りを知らず、ある意味やりたい放題だった。イヴに顔を近づけ、空気を鼻《び》腔《こう》いっぱいに吸い込んで、一言。

「ああ、いい香りだ。ハーブかな。甘い花の香りよりもこれくらい爽やかな香りのほうが、ずっと嗅《か》いでいられる。……好きだ。愛してる。あなたは私の理想そのものだ」

ハーブの香りが体に染み付いているのは、薬を扱う魔女特有のものだ。男がそれを知らないのなら、イヴが魔女だから連れ帰ったわけではないのだろう。

だからといって、そんなことくらいでイヴは安堵などできないけれど。

――好きとか、愛とか、理想とか。わたし、死んでいるのよ？　この人きっと、真性のド変態さんなのだわ……。

「結婚しよう。そうだ、結婚だ。そうすれば、この女性を私のものにできる。戸籍はなんとかするとして、おじいさまの同意を得るには……――」

イヴの肉体が死んでいても、聴覚と視覚は魔力によって残っている。

だが、それだけ。動くことはおろか、声を発することもできない。

――死体と結婚、ですって？　魔女だってそんなこと考えないわ。病気？　この人、大丈夫なの？　いったいどんな環境で育ったら、こんなふうになるの……？

得体の知れない変態男から熱烈な好意と眼差しを向けられながら、イヴは途方に暮れるしかなかった。

第一章　貴公子、死体を手に入れる

死体に興奮する輩《やから》がいることを、イヴも耳にしたことがあった。だからとても警戒していた。

もちろん、死んでいる間は動けないので、いざ危機が迫っても回避する方法がない。誰に死体を拾われるかはもはや運次第としか言いようがなかったが、自分の体を連れ帰った男に口説かれ始めたとき、イヴは己の不運を呪《のろ》った。

考えてみれば、何の目的もなく死体を連れ帰る者がいるわけがなかった。性衝動、破壊衝動……死体は拒絶を示さないから、己の欲求をぶつけるのには好都合な相手なのだ。

目の前の男はどうやらイヴに性的な欲求を抱《いだ》いているようだ。愛だとか結婚だとか頻繁に口にしているが、それは本心などではなく、死体を穢す罪悪感を少しでも軽くしようとしていたのだろうとイヴには思えてならなかった。

その証拠に、男はイヴを棺から抱き上げ、己の寝台に寝かせた。

止まって久しい心臓が、激しい鼓動を繰り返す錯覚。死んでいるのをいいことに、好き勝手に扱うつもりだ。この際、体がどうなったとしても心だけは明け渡してなるものか、とイヴは身構えた。

ところが、男はイヴを襲わなかった。

寝台に横たわるイヴの頬《ほお》に触れはしたが、目にかかる髪をよけた程度。あるいは、死体であることを体温により再確認した程度。

その指先はとても優しく、繊細《せんさい》なものに触れるかのようにささやかで丁寧《ていねい》で穏やか。愛情は感じたが、押しつけがましい独りよがりの性愛などではなかった。相手を敬い尊重し、大切にしたいと願うような慈愛に満ちているとさえ思えた。

「もう夜も遅い。眠る時間だ。あなたも、狭い箱の中よりもここのほうが寝苦しくないだろう？　安心してほしい、私はソファを使うから。……おやすみ」

寝台脇のサイドチェアに座る男の台詞は、イヴには白々しく聞こえた。

信じられるわけがなかった。この男は死体に興奮したものの、実物の死体を前にして怖《おじ》気《け》づいたのだ。時間が経《た》ち、決心がついたら必ず襲うに決まっている。そもそも、純粋な厚意で死体に寝台を譲るなんてあり得ない、というのがイヴの見立てだった。

ところが、男はしばらくイヴを眺めると、満足したのかやがて立ち上がり一直線にソファへ向かった。そして、毛布をかぶって丸くなると、静かな寝息を立て始めた。

予想とは違う行動にイヴは拍子抜けしたが、男の言葉を素直にそのまま受け取る気にはなれなかった。いずれ本性を現すに違いないと、イヴの考えは変わらなかった。


翌朝、朝日がカーテンを染める頃、男が目を覚ました。

毛布の中からもぞもぞと両手を伸ばしてあくびをしたのち、イヴのことを思い出したのか弾《はじ》かれたように立ち上がった。大股で寝台のそばに駆け寄ると、イヴの顔をまじまじと確かめて、一言。

「……夢じゃ、なかった」

――夢なわけないでしょう。あなたがわたしをここに連れてきたんじゃないの。

夜中、イヴはずっと男に意識を向けていた。

男の寝息が途切れたときや寝返りを打ったとき、起き上がって己の体に危害を加えるのではないかと気が気ではなかったのだ。

ところが予想に反し、男はイヴに何もせず、ただ眠り、たった今起きただけ。もちろん、まだまだイヴが警戒を解くには至らない。出会ってから間がないのだし、男もまだ様子見しているだけなのかもしれないからだ。

しかし男はイヴがどう思っているか知らないので、無防備で蕩《とろ》けるような笑顔を向けて安堵の息を吐いた。

「よかった……あなたの存在は夢じゃない、幻でもない。だからこれから先もずっと、あなたと一緒にいられる」

男がイヴを気に入ってしまったことは、一夜明けてもどうやら変わらないらしい。先ほどの男の台詞「夢じゃなかった」を、イヴも絶望と共に呟《つぶや》きたい気持ちだった。

薬の行方を追うためにも、イヴはいつまでも眠ったままでいるわけにはいかない。倉庫から運び出されたときは、蘇生のチャンスを得ることができるかもしれないと淡い期待を抱いたものだが、まさか変態男の縄張り内に連れてこられてしまうとは思いもしなかった。如何《いかん》ともし難《がた》い状況にイヴは当惑してしまう。

「……絶対に離さないから。誰になんと言われようと、私はあなたを逃《のが》さない。全身全霊、全財産、いっそこの命すら捧げてもいい。私はすべてを注ぐから、覚悟してくれ」

――ど、どういうこと？　怖すぎるわ……！

男の表情は柔らかいのに、その目は笑っていないように見える。もしも逃げようとしたならば――動けないので不可能だけれど――、いったいどんな仕打ちが待っているのか。恐ろしすぎてイヴの背筋が凍りつく。

「――ごめん。もっと話していたいけど、そろそろ従者《ヴァレット》のシモンがやってくる時間だ。本当に申し訳ないけど……でも、紹介するにはまだ準備不足だから」

部屋の外の音に耳を傾け使用人の気配がないことを確認してから、男はイヴの体を抱きかかえた。

――きゃっ！　な、何？　わたしをどうする気？　どこへ連れて行くの!?

まさか、どこかに棄《す》てられるのではないか。そんなことも頭を過《よぎ》ったが、男は数歩進んだだけですぐに腰を下ろし、イヴが元いた棺の中に彼女の体をゆっくりと寝かせた。頬にかかる髪を何度も手でよけて撫《な》でつけ、名残惜しそうにイヴの顔を見つめている。

「すまないが、私が不在の日中はこの箱の中に隠れていてくれ。メイドたちが掃除に来るが、絶対に箱を開けるなときつく伝えておくから。窮屈《きゅうくつ》だろうが、夜になったらまた出してあげる。だからそれまで辛抱してほしい」

棺の蓋《ふた》によって朝日が遮《さえぎ》られ、イヴは再び暗闇に包まれた。絨毯《じゅうたん》を歩くくぐもった足音が遠のき、扉が開いて閉まる音。それらを聞きながら、あっけない幕切れにイヴは拍子抜けしていた。

——別に、何かされるわけではなかったのね……。

長い時間をさんざん過ごした棺の中は退屈である一方で、イヴにとって安心できる空間でもあった。男が去り、完全に一人になってようやく、イヴは一息つくことができた。

——この生活、いつまで続くのかしら。できれば早く生き返って薬のことを探りたいけど、あの男が協力を依頼するに足る人物かどうか……。

どっと疲れが溢れてくるのは、見知らぬ人間と出会い、見知らぬ場所に連れて来られたからだろう。己の行く末に強い不安を抱えているというのもある。

真っ暗な棺の中では視界が遮断されているものの、外の音は板越しに聞こえる。日中にはメイドが掃除をしに来るというから、彼女たちの会話から何か情報が得られないか、イヴは探ることにした。どうしても時間はかかってしまうだろうが、他に外のことを探る術《すべ》はないのだからしょうがない。

棺の中に横たわりながら、イヴはひたすら待った。

すると、しばらくしてから男が言っていた通り、「失礼いたします」という高い声が聞こえ、女性が入室してきたのがわかった。

「さて、若様のお部屋よ。いつもの通り念入りにね」

「はい、マノンさん」

「あたしが窓を開けるわ」

声は複数あり、総勢三人と思われた。ガチャガチャ、チャプンと声以外の何かの道具の音もする。

「……これね、若様がおっしゃっていた箱というのは。ずいぶんと年代物で高そうな箱だこと。すごいわ、花がたくさん彫ってある。何が入っているのかしら」

足音とともに、若い娘の声が近づいてきた。

――この人、興味津々って感じだわ。開けられたらどうしよう……。

イヴはハラハラしながらも、逃げることができないので事の成り行きを見守っていた。

すると、少し離れたところから咎《とが》める声が聞こえてくる。

「ダメよサビーネ、若様から触《ふ》れるなと言いつけられたでしょう?」

「もちろんです、指一本たりとも触りません。ただ、若様にしては珍しいなと思っただけで」

イヴは男から「箱を開けるなと伝えておく」と聞いていたが、実際にはより厳しく、「触れるな」と命令していたようだ。暴《あば》かれずにすんだことにホッとしながら、別の部分にイヴはひっかかりを感じた。

──珍しい……？　何が珍しいのかしら。

「確かに、若様がお仕事以外にご興味を持たれるなんてね。その箱の中身は知らないけど、物なんかより生身の女性にご興味を向けてくださったら、大旦那様もご安心なさるのに」

カーテンを開き、換気のために窓を開けるメイドの一人が漏らした。

──あの人は女性に関心がないの？　だからわたしを連れ込んだの？

「私でよければ、すぐにでも若様の結婚相手になって差し上げるんですけどね」

「よくないわよ。あなたじゃ無理よ、サビーネ」

「そうよ。あの若様の妻なんだからね、うんと美人でできた女性じゃなきゃ、釣り合いが取れないわよ。それこそ、大公閣下のご息女くらいじゃないと」

男に思慕の念を抱いているのか、サビーネが軽口を叩いたが、間髪容《い》れず他の二人に否定される。

──大公閣下？　……とは、誰？　そんな身分あったかしら。

イヴが殺されてから、すでに長い時が経過している。今なら常識であっても、古い時代しか知らないイヴにはわからない。

とりあえず、〝大公〟というのが高い身分であることだけはイヴにも理解できた。

「それは困ります！　モーティシアさまは美人だけど、ずいぶん出しゃばりで傲慢《ごうまん》なお嬢様っていう噂《うわさ》じゃありませんか。若様にはそんな女、相応《ふさわ》しくないです！　もっとこう、奥ゆかしくて、若様を敬ってくださって……」

「はいはい、雑談は終わり。いい加減手を動かさないと掃除が終わらないわよ」

一般的に使用人たちは、己が働く貴族の家の内情をとても正確に把握しているという。だから彼女たちがあの男のことを悪く言わないのであれば、きっとそれが正しい評価なのだろう。

おまけに、メイドたちは男に対して敬意だけでなく親愛の情を抱いているようにも思えた。男と結婚してもいいとか、あの女では相応しくないとか……単なる主従関係であれば、そんな言葉は出ないはずだ。少なくとも、イヴにはそう感じられた。

——あの人は、表向きには完璧な貴公子を演じているのね。死体性愛者という異常性癖は、きっとうまく隠しているのだわ。

メイドたちは数十分かけて念入りに掃除をしたあと、棺などそこに存在しないかのような扱いで気にすることなく部屋を出て行った。

部屋から人の気配が消えて数時間経ったころ、再び廊下を足早に歩く靴の音が近づいてきた。ノックもないまま扉が開けられたが、彼らはずっと廊下を話しながら歩いていたため、そのうちの一人が誰なのか、イヴには察しがついていた。

「——明日は予定通りゲントレの三番倉庫の監査をする。私は午後から向かうから、シモンは午前のうちに責任者と準備しておいてくれ」

「承知しました！」

男とその従者、シモンだ。

シモンと呼ばれる男は昨夜、棺を男の屋敷に運び込む際にも立ち会っていた。従者として男の身の回りの世話をするだけでなく、仕事の部下でもあるのだろう。

「シモンは早朝の出発で大変だろうから、今夜は先に下がって準備をしてくれていい。くれぐれも抜かりのないようにね」

「任せてください！　若の頼みとあれば、俺はなんだって完璧にやり遂《と》げますよ！」

「それはずいぶん頼もしい」

やる気に満ちて興奮気味のシモンを、男は穏やかにいなす。冷静な男と熱血漢みたいなシモンとでは、どこか噛《か》み合わせの悪いちぐはぐなコンビにも見える。しかしシモンは男を慕っているようなので、うまくいっているのだろう。

シモンを下がらせ、男が静かに扉を閉めた。

イヴと男、ひとつの部屋に二人きりとなり、イヴの体に緊張が走った。

男も緊張しているのか、長いため息を吐き出してから、ゆっくりとイヴの入った棺のほうへ歩みを進めた。

棺の側面にぶつかりそうなほど近くに寄って膝《ひざ》を折り、男が蓋に手をかける。そして、溝から蓋が浮く音とともに、隙間から部屋の明かりが差し込んでくる。

「……よかった、いた。ただいま。やっと帰ってこれたんだ。ようやくあなたに会えた」

逆光のせいで男の顔ははっきりとは見えないが、嬉しそうに微笑《ほほえ》んでいることはわかった。泣きそうに見えたのは気のせいだろうと、イヴは深く考えないことにした。

「うちの使用人のことは信じているが、やっぱり、あなたが大切なあまり、どうしても不安が消えないんだ。私が不在にしている間に、あなたが何者かに奪われていたらどうしようと、何度も何度も考えた」

誰がわざわざ死体を奪いにくるというのか。そもそも、イヴの死体がこの部屋にあることを使用人にも隠しているくせに、妄想するにもほどがある。

「でも、また会えてよかった。あなたは私の女神だ」

――お、重い……昨日会ったばかりの相手に抱く感情を超えているわ……。

顔を合わせた瞬間から始まる男の全力の求愛に、イヴの心は置いてきぼりをくらう。

「愛して――」

「若！　すいません、若！　ちょっと話があるんですけど！」

愛している、と男が言い切るのを待たず、扉を叩くシモンの声が部屋中に響き渡った。男のうっとりとした表情も、途端に無へと消えていく。

男は棺にサッと蓋をすると――蓋だけでも相当重いだろうに――、何事もなかったふうを装って「何だ？」と答えながら扉のほうへ歩いていった。

「すいません、伝えそびれていたんですが――」

二人の業務連絡をぼんやりと聞きながら、イヴはこっそりムズムズしていた。

――慌てるところは、普通の人と同じだわ。でも、変態な彼しか知らないせいか、なんだか……新鮮。

いい気味だとまでは思わないが、胸がすくというか、人間味のあるところを垣間見てほんの少し安心できたというか。

それと同時に、終始穏やかな受け答えを続ける男の様子に、イヴは感心すらしていた。シモンは部下なのだから、「一度に漏れなく報告しろ」と怒ってもいい立場だ。にもかかわらず、男は声を荒げるどころか「わかった、ありがとう」と丁寧に礼まで言ったのだ。

――もしかしたら、お仕事の面でも表向きはとてもいい上司なのかもしれないわ。……

表向きは。

――でも、わたしをどう扱おうとしているかは別問題。いい人ほど裏があるって言うし、まだまだ油断はできない。出会って二日目なんだもの、これからもこの人のことを観察していかなくちゃ。

この程度で、臆病《おくびょう》で慎重なイヴが心を許すわけなどなかった。

人間が魔女のことを「人を惑《まど》わせる存在」だと思い込んでいるのと同様に、イヴも人間のことを「魔女を必要以上に忌み嫌う存在」だと認識していたからだ。

だからきっと一緒にいる時間が長くなればなるほど、男が隙を見せ本性を現すに違いないと、イヴは信じて疑わなかった。


ところが、いつまでたっても男はイヴに危害を加えようとはしなかった。

朝になれば使用人たちに見つからないよう棺に戻されはするものの、夜、男が帰ってくるたびに、イヴは寝台に運ばれた。

何度寝台に運ばれ、何度棺に戻されても、男がイヴの体に手を出すことはなかった。移動の際もイヴの体を乱暴に扱うことはなく、生きている女性と同じかそれ以上に、そっと抱き上げそっと下ろし、とにかくイヴをいたわった。

「今日もあなたは美しい。……いや、昨日より美しく見える。日々あなたが美しくなるから、私は心臓がもたないよ。本当に……今も、すごくドキドキしているんだ」

それどころか男は毎晩寝台のそばの椅子に座り、イヴにどれだけ心を奪われているか、イヴがどれだけ美しいか、言葉を尽くして賛辞を贈り、イヴを底抜けに凍りつかせた。

幸いにも、男の話はそれだけではなかった。近しい者の話や、その日あった出来事などもイヴに楽しく語って聞かせた。

それによると、男の名はユリウス・ハルヴァートと言うらしい。アルスハイル地方を治める侯爵家の嫡男《ちゃくなん》で、高齢の祖父に代わり仕事の大半を引き受けているのだそうだ。

アルスハイルはクロノキア王国の中でも一風変わったところで、領主自ら商会を立ち上げ領民を雇い働かせていると、イヴも昔、風の噂で耳にしたことがあった。

イヴが生きていた当時の当主は、通称「武器侯爵」。

武器の輸出入を手がけていたことから、そのようなあだ名をつけられていた。そしてユリウスは彼の孫だという。

イヴが生きていたころは、まだ武器侯爵は働き盛りの壮年の男だったはず。それが今では高齢で、二十代半ばの孫もいるというのだから、イヴは少なくとも数十年は眠っていたことになる。

そんなにも時が経過していたとは知らず、イヴは愕然とした。仮に今すぐ生き返ったとしても、真相に辿り着けるとは思えない。

「あなたの正体を知るため、憲兵に押収資料を開示させた。でも、あなたに関する情報は何も得られなかった。公的には、あなたは存在していないことになっている。……美しい人、あなたは何者？」

イヴの落胆を知らないユリウスは、今日も今日とて一日の出来事を語った。

押収した資料とは、闇オークションの資料である。ユリウスはとある事情により、国に働きかけて憲兵を動かし闇オークションを摘発させた。その摘発の最中、商品倉庫にて、偶然イヴを発見したのだ。

「今まで生きてきた中で、母以上の美しい女性に出会ったことはなかった。そのせいか女性には興味がなかったが……あなただけは違う。あなたは母以上だ」

ユリウスの言葉から見え隠れするマザコンの素質は、さらにイヴに追い討ちをかけた。

国や憲兵にコネがあり、財力も権力も持つ貴族。蘇生したあとユリウスの協力を得られるならば、ひょっとしたら薬の行方がわかるかもしれない。

しかし彼は死体性愛者でマザコン。協力を得るには不安要素が多すぎる。

「これは恋で、愛で、私たちの出会いは運命だ。今もあなたの全身がキラキラ光り輝いて見える。あなたのことをもっと知りたい。あなたは誰？　死んでいるのか？　こんなに瑞々《みずみず》しい肌をして、死んでいるとは思えないし、でも……」

――わたしは魔女のイヴ。死んでいるけど蘇生ができるので、休眠状態のまま体を維持しているの。ちなみに、マザコンも死体性愛者も苦手よ。

そう告げることができたなら、ユリウスの執着も少しは減っただろうか。

魔女は忌み嫌われこそすれ、好かれることなどめったにない。魔女の薬を買いに来る人間はいるが、彼らは魔女を好いているのではなく利用しているにすぎないのだ。

しかしながらイヴに伝える術はない。……いや、ある。

ユリウスの夢の中に入ってしまえばいいのだ。

イヴは魔力により、己の近くで眠る者の夢に入ることができた。ユリウスの就寝中はいつも同じ部屋にいるから、彼の夢に入ることはさほど難しいことではない。

他方で、ユリウスはおそらく死体に執着を持っている。だからこそ、夢での接触によって執着を強められてしまうことを懸念し、夢に入る決心がなかなかつかないでいた。

イヴには生き返る必要がある。生き返り、己の調合した睡眠薬がどう使われたのか、調べなければならない。たとえ絶望的だとしても、退くわけにはいかなかった。

にもかかわらず、ユリウスが「イヴが死体であること」にこだわるあまり協力を拒むのではないかと不安で、身動きが取れなかったのだ。

「こんなに精巧な人形があるわけない。あなたはきっと死んでいるのだろう。だとしたら、あなたを連れ帰ってから一ヶ月も経ったのに、どうして体が朽《く》ちないのだろうか？　まさか……眠っているだけ？　あなたの奇跡は、私に愛を教えるため……っ？」

――違うわ。ぜんぜん違うのよ、それはもう、本当に、違うとしか。

否定の言葉もすべて独り言になってしまうのが、イヴの辛いところだ。

ユリウスはイヴに盲目的に入れ込んでいた。芸術品のようにイヴを丁重に扱い、愛しい女性に囁《ささや》くように甘く切なく語りかけた。それればかりか、贈り物までするようにもなった。

「今日はあなたにドレスと真珠の耳飾りを買ってみたんだ。……ほら、私が手にしているんだけど、見えるかな？　綿モスリンのエンパイアドレスで、白い生地に銀糸の刺繍《ししゅう》と水晶ビーズがあしらってある。今あなたが着ているドレスも似合っているけど、きっとこれもあなたの魅力を引き立ててくれると思う」

――え、ええっ!?　まさか、今から着せ替えさせられるの!?

イヴは身構えた。異性のユリウスに肌を見られるなど、想像しただけで恥ずかしくてたまらなかったからだ。

しかし結局彼はドレスを見せるだけにとどまった。

ユリウスが強引な手段に出る気がないことを悟ると、イヴの意識はどうしても素敵なドレスに引っ張られ、興味のないふりをしつつもついつい目が生地を追った。

モスリンの透ける質感はとても繊細で優美。縫い付けられたビーズが明かりを反射し煌《きら》めいているのも、バスト下を縛るサテンのリボンも、イヴの心を魅了した。

袖を通してみたい気持ちが湧くのに、今のイヴは死体だから叶《かな》わない。

――……でも、わたしに似合うかはわからないわよね。期待しすぎちゃダメだわ。

「断言する、絶対に似合うよ。いつか着てみせて」

あのドレスは酸っぱいブドウだと自分に言い聞かせようとするイヴに、ユリウスは知らずに絶好のタイミングで心を揺らす言葉を放った。イヴの声はユリウスには届かないはずなのに、まるで心が通じ合っているかのような間と台詞だ。

もちろん、偶然だとわかってはいても、イヴは驚きに言葉を詰まらせた。

ユリウスはイヴの愛を得ようと、賛辞の言葉だけでなく、あの手この手で口説き落とそうとしていたが、それは死人に対するものではなかった。

もともと死人は死んでいるのだ、我がものにしたければ犯せばいい。死人に口なし、それですむ話だろう。

にもかかわらず、ユリウスはそうしない。彼が何を目指しているのかイヴにはまったくわからないが、大切に扱ってくれていることだけはわかった。

そんなユリウスの紳士的な接し方に感謝の気持ちを抱き始めていたイヴだったが、己に向けられる愛情の強烈さ、そして彼の端正な容姿には相変わらず戸惑っていた。

ユリウスの手入れの行き届いた髪は黒々として艶があり、瞳は澄んだ翡翠《ひすい》色。切れ長の目は大きく、まっすぐな眉と高い鼻は高潔さを表しているかのよう。

薄い唇と面長の顔はユリウスの男性らしさを引き立てるが、まつ毛の長さや目の大きさは女性が羨《うらや》みそうなほどで、中性的な色気と神秘さにイヴの心はソワソワした。

――ユリウスがわたしを大事にしてくれるのは、わたしが死体だからよ。でも……わかっているはずなのに、本当に彼に愛されていると錯覚してしまいそう……。

出会って間もない頃、イヴはユリウスに敵意に近い警戒心を抱いていた。彼は死体性愛者だからこそイヴの死体に興味を持ち、己の欲望をぶつけようと企んでいるに違いない、と思っていたから当然だ。

ところが、ユリウスはイヴに並々ならぬ好意を抱いてなお、乱暴なことはしなかった。夫婦や恋人と同じようにその日あった出来事を聞かせ、語らいの時間を設《もう》ける。夜が更けたらイヴを広い寝台に寝かせ、自分はソファで縮まって眠る。

ユリウスの一線を引いた紳士的な振る舞いは、次第にイヴの警戒心を解いていった。

「おじいさまは健啖家《けんたんか》でね。彼は八十歳目前なのに未《いま》だに私より恰幅《かっぷく》がいい。お元気なのは嬉しいけど、年も年だし食べすぎは体に悪いのではと、時折心配になるよ」

——ユリウスは家族思いなのね。ご両親の話が出ないのは、住んでいるお屋敷が違うからなのかしら。貴族の暮らしぶりに詳しいわけではないけれど……。

「シモンは私を買い被っている。あなたを倉庫から連れ帰ったときも、何ひとつ疑問を述べなかった。信頼してくれるのは嬉しいが、私を聖人だとでも思っているのだろうかと不安になるよ。私だって叶わぬ恋に身を焦《こ》がす、ただ一人の男なのにね」

——叶わ……。た、たぶん、シモンさんがそれだけあなたを尊敬しているということよ。

祖父の話、部下の話。ユリウスの他愛もない話には、彼の周囲との関わり方や、周囲からの評価などが見え隠れしていた。

さらに彼が領民思いの領主であり、部下からも慕われ、恵まれた生まれを一切鼻にかけない謙虚な人だということがわかるにつれ、イヴは次第に親しみを覚えるようになっていった。

ユリウスの話は退屈を紛らわせるのにも一役買っていた。

街の様子、流行《はや》りのもの、政治のことも挟みながら語られる話は、数十年前の様子しか知らないイヴにはまるで別世界のようで、とても新鮮に感じられた。

それと同時に、ユリウスは時折過剰な狂気もほのめかす。

「日中、私がいない間にあなたが誰かに見つかってしまったら、誰かに連れ去られてしまったら……と考えると、不安でたまらなくなるんだ」

――侯爵家に簡単に忍び込める人はいないと思うのだけど……。いたとしても、目的は死体なんかじゃないはずよ。

「美しい人。あなたを名前で呼びたいのに、名前を知ることができないなんて。いくら調べても記録にないし、あなたを知る者もいない。……どうすれば、あなたの名前を知ることができるんだ？」

――イヴよ。そう答えてあげられたら、あなたの悩みがひとつ消えるのに……。

もちろん、イヴも最初の頃はユリウスの狂気に悲鳴を上げたいくらい戦慄《せんりつ》していた。しかし慣れなのか、ユリウスへの警戒心が和《やわ》らいでいくに従ってイヴの恐怖は薄れ、それどころかもどかしい気持ちを抱くようになっていった。

――ユリウスがいくらたくさん話してくれても、わたしには相槌《あいづち》すら打てない。

――ユリウスの声で名を呼ばれたら、どんな心地がするのかしら。

一ヶ月も一緒に暮らせば、ユリウスの為人《ひととなり》もわかる。彼はやはりなかなかの変態男だったが、悪人ではなかった。

――ユリウスがいい人なのは表向きだけではないわ。死体が好きなこと以外、彼には表も裏もない。変態だけど、紳士よ。身も心も、とても美しい人。

そう結論づけるとともに、なんとなくイヴは自分と相性がよさそうだとも感じていた。ユリウスの話は飽きがこないし、穏やかな雰囲気も好ましい。心の声が彼に届いているような錯覚を感じたことが何度もあったせいか、単なる他人、そもそも魔女とは相容《あいい》れない人間だと切り捨てるのは、どことなくもったいないような気がした。

今のイヴは、薬の行方を調べようにも一切身動きがとれない状態にある。生き返るのも今すぐには難しい。

――でも、優しいユリウスならきっと協力してくれる。彼が死体性愛者で、死体のわたしに執着していたとしても、お願いくらいは聞いてくれるに違いないわ。

イヴは次第にそんな希望を抱くようになっていた。

そして悩み抜いた末に、ユリウスの夢の中に入り、話しかけ、協力を仰いでみよう、と決めたのだった。

ユリウスは一ヶ月前のその日、とある歌劇場の地下にいた。

彼はアルスハイル侯爵パーヴェル・ハルヴァートの孫。齢《よわい》二十五と若いものの頭の回転はとても速く、仕事ぶりも極めて有能な貴公子だった。

ユリウスの祖父は「武器侯爵」と呼ばれた豪傑《ごうけつ》で、領内に興《おこ》した貿易商会で武器の輸入を取り仕切っていた。そして孫のユリウスがさらに事業を拡大させ、国内に出回る武器の大半にハルヴァート商会が絡むようになった。今では貴族や市民が自衛のために保有する武器だけではなく、王国軍が使用する武器にも彼の商会が関わっている。

しかしながらここ数ヶ月、商会の複数の拠点において商品の在庫の数と帳簿上の数が食い違うことが増えていた。ユリウスは商品が盗まれていると睨み独自に調査した結果、商品が闇オークションで売り捌《さば》かれている情報を摑んだ。そして、国に働きかけ憲兵隊とともに摘発するに至ったのだった。

事前にユリウスは議院——国の諸事を司る機関——から、商会の商品に限り、鑑識官の記録作業後はすべてその場で持ち帰っていい旨の内諾を得ていた。盗品にはユリウスの調査通りハルヴァート商会から盗んだものも含まれていたが、鑑識官から引き渡された商品は、想定よりも少なかった。

「本当に……これだけ？　憲兵さん、うちの若のおかげで闇取引の現場を見つけられたくせに、まさか騙《だま》そうとしているんじゃないでしょうねぇ？」

「とんでもない、これですべてで間違いありませんよ！　お疑いなら倉庫をお確かめください。我々はこれで引き上げますから、倉庫内の残りはご自由にお持ち帰りになっても結構です。といっても、あとは木材や板材くらいのものですが」

シモンが一人の鑑識官に食ってかかったが、嘘を言っている様子はない。

「いい、シモン。きっと本当にこれだけなんだろう。すでに相当数が取引されたあとらしいからな。検品も帰ってからでいいから、さっそく皆で手分けして商品を荷馬車に積んでくれ。私は見落としがないか、念のため倉庫を確認してくる」

ユリウスは鑑識官に簡単な礼と部下の無礼に対する詫びを告げてから、ランプ片手に暗い倉庫へと向かった。

すでに盗品などすべて運び出されたあとだから、倉庫内はがらんとしていた。埃《ほこり》っぽく、布切れが雑然と積まれ――埃除けとして盗品に被せて使っていたものだろう――、壁には建築資材が多数立てかけてあった。

鑑識官の言っていた通り、これ以上めぼしいものは何もない。そう思い、ユリウスが出ていこうとしたとき、手に持ったランプの明かりが不自然に揺らいだような気がした。まるで風でも吹いたかのように、炎の尾がたなびいたのだ。

ユリウスが再度注意深く周囲を見回したところ、とある壁の一角に違和感を覚えた。複数の木材や板材が無造作に立てかけられた場所だったが、何かが隠されているのではないかと、理由もなくそんな気がしてならなかった。

仮に何かが隠されていたとしても、それが商会の商品だとは限らない。むしろその可能性は低い。しかしなぜだかユリウスはひどく惹きつけられ、一心不乱に材木をひとつひとつ動かしていった。

そしてついに、ユリウスは重ねられた材木の奥に大きな箱を発見する。

成人男性の膝くらいの高さがあり、奥行きは二メートル近く。長方形で棺にも似ており、人が一人、すっぽり入りそうな大きさ。

商品運搬用の粗雑な造りの木箱とは違う。板の陰に隠れ長らく忘れられていたのだろう、蓋の上には埃がたっぷり乗っていたが、赤茶色のマホガニーで造られたその箱は、高級家具かと思えるような美しさと存在感を放っていた。

その辺にあった布を手袋代わりに手に巻いて、蓋の埃を払う。そうして目に飛び込んできたのは、蓋に施された細やかな彫刻。たくさんの花だった。バラやガーベラ、リシアンサス、ユリなどが、蓋の上一面に彫り込まれていた。

その彫刻を目にした途端、ユリウスの心臓が早鐘を打ち始めた。

心の奥のとても深いところを、得体の知れないものによって強く揺さぶられているようだった。「早く、早く」と何かがユリウスを急かすのに、それに応えられないもどかしさ。降って湧いた感覚にユリウスは猛烈に戸惑いながら蓋の枠に指を引っ掛け、力を入れて持ち上げる。

大きな箱である、蓋だけでも相当な重さがあった。しかしユリウスはこの箱の中身を知りたい、暴きたいという欲求に駆られて、重さなど苦にもならなかった。

半分ほど蓋をずらせば、その中を覗き込むことができた。

——ひと。人間。

その箱の中には、一人の女性が眠るように横たわっていた。

肌は滑らかで白く、毛髪もまた、白に近い金髪。細い毛の一本一本は照明の光を内に宿し、自ら発光しているようにも見える。

淡い色の唇は小さめで、人中溝も深くない。だが、明かりに浮かび上がる陰影はその弾力の豊かさをユリウスに想像させ、彼の喉が自然と鳴った。

ユリウスは女性に目を奪われていた。

——今まで生きてきた中で、こんなに清らかな人に出会ったことがない。人形のように整った顔……いや、人形以上だ。天使か女神か、精霊か。この世のものとは思えぬほど、浮世離れした輝き、美しさ、穢れのなさ……！

見れば見るほど引き込まれ、ユリウスの体の中に熱い炎が広がっていくようだった。

女性の年の頃は十代後半から二十代。身を包むドレスは品のいいシンプルなものだが、肩の切り返し位置の低さと大きなジゴ袖は、二十年から三十年前に流行った少し時代遅れのデザインだ。

白いが、血が巡っているように血色のいい顔。それに繋がる首は細く、頸動脈の拍動はない。

ユリウスは震える指先を彼女の頬にそっと当てた。

すると唐突に、ユリウスの脳裏に昔の記憶が蘇《よみがえ》る。

――春、うららかな午後。

ユリウスの母アナスタシアの葬式の日だ。

この日が母との永遠の別れになることを、当時五歳のユリウスはよく理解していた。棺の中で指を組み、眠るように横たわっている母が二度と目を開けないことも、二度と己の名を呼ぶことがないことも、ユリウスは幼いながらわかっていた。

アナスタシアの髪は彼女の父であるパーヴェルに似て、薄茶色をしていた。くすんだ色

だが、太陽の光を浴びると艶めいて金色に光った。ユリウスは生まれたときから真っ黒の髪をしていたから、母の髪の美しさが羨ましく、また、それ以上に大好きだった。

アナスタシアは棺の中。髪は丁寧に櫛《くし》を入れられ、結えられ、控えめなリボンで飾ってある。母の全身は春の日差しを浴び、その髪も生きていた頃と同じように金色に光り輝いていた。

アナスタシアの眠る棺にはたくさんの花が敷き詰められ、施された薄化粧も、身を包むドレスも何もかも、アナスタシアの魅力を引き立たせた。幼い息子のユリウスでさえ、純粋に「きれいだ」と見惚《みと》れるほどだった。

一方で、ユリウスにとって見ず知らずの老人が読み上げる本――聖書――は退屈で、集まった人々の顔は己の祖父パーヴェルですら涙に濡れて辛気臭く、こんなところにいたら自分まで気が滅入《めい》りそうだと、ユリウスは一人不機嫌だった。

――お母さまはせい書よりもぼうけんのお話がすきなのに。

――お母さまはなきがおよりもえがおのほうがすきなのに。

棺に眠る母は女神のように美しく、ずっとこのまま見ていたいと思った。だが、いくら願っても叶わないことは知っている。

春の日。優しい日差しがあたりに降り注いでいる。

動物は冬眠から目覚め、木々に緑が戻る季節だ。

母も、花も、空も美しいのに、ユリウスは疎外感を感じていた。

大人に着せられた黒い喪服《もふく》が色鮮やかな母の世界との隔絶を強く意識させ、ひどく居心地が悪かった。


……まるで、白昼夢を見ていた感覚。

気づけば、ユリウスは静かに涙を流していた。

母の葬式の記憶が、二十年の時を経《へ》て突然色彩を取り戻したのだ。

改めて、ユリウスは箱の中を覗く。先ほどと同じく、そこには女性が眠っていた。ただし、寝息は立てず、心臓も動かさず。

先に触れた頬は冷たいものの柔らかく、死後硬直は見られなかった。硬直のあとに緩解《かんかい》したのかもしれないが、腐敗が進んだ様子もない。鼻に意識を集中させても、死臭よりも薬草のスッキリとした香りを拾う。

突如として蘇った記憶と、自分でも収拾をつけられない激情。悲しいような、愛《いと》しいような、ひどく後悔するような。

どうしてこんなにぐちゃぐちゃなのかと考えてみると、その原因は目の前の女性の死体にあるとしかユリウスには思えなかった。

しかしながら、この女性とアナスタシアは似ていない。顔どころか背格好も。

女性を眺めていればいるほど、今度は逆に心が満たされていく感覚に陥《おちい》った。離れることなど到底考えられず、ずっと探していた自身の半身にすら思えた。鑑識官には「ご自由にお持ち帰りになっても結構」という言葉をもらっている。だからユリウスは女性を連れて帰ることにした。

女性入りの箱も、商品の入った他の木箱と同じように屋敷まで荷馬車で持ち帰り、部下に自室へと運び込ませた。もちろん、盗難の件とは関係のない品なのでシモンも多少は訝《いぶか》しんでいたものの、主人に全幅《ぜんぷく》の信頼を置いているがゆえに深く追及してこなかった。

ユリウスはその日の深夜、屋敷内の誰もが寝静まったのを確認してから、用心深く箱を開けた。

まともな明かりの下で、彼女を拝むのはこれが初めて。華奢《きゃしゃ》な肩、細い腕と腰。下半身には布がかけられ隠れておりわからない。思いきって布を取り払ってみても、当然ながらドレスのスカートは長い。

周囲には誰もいない。部屋の外に気配すらない。

にもかかわらず、ユリウスはあたりを見回した。慎重になって床に膝をつき、箱の縁に片手をかけ、もう片手を彼女へと伸ばす。

彼女の頬に触れたのは、二度目。やはり体温は感じない。額《ひたい》、瞼、耳を次々に触れて確かめても、どこもかしこも冷たく、彼女の生の証《あかし》たる体温は一切宿っていなかった。

諦めの悪いユリウスがならば次は皮膚の薄い箇所を、と彼女の唇に触れようとして、止まった。

――唇。

もしもこの女性が生きているのなら、見知らぬ他人である自分が軽率に触れていい場所ではない。見ず知らずの女性になんと失礼なことを……と、ユリウスは己がしようとしていたことを悔《く》い、恥じた。

しかし、その狼藉《ろうぜき》を働きかけていた手が、ユリウスの意思に反してなかなか引っ込んでくれない。

――触れたい。

ユリウスは、彼女の唇に触れたくてたまらなくなっていた。

――紳士として、許可なく女性の体に触れるなどご法度《はっと》。

――いいや、これは死体だ。誰にも気づかれず、忘れられていた死体。存在を知るのは己のみ。何をしたってかまわないはずだ。

欲望と理性がユリウスの中でせめぎ合う。しかもどちらが勝とうとも、己の魂《たましい》がこの女性に揺さぶられていることはすでに確固たる事実。

降って湧いたような欲求にユリウスは激しく混乱した。特定の何かを渇望するなど、ユリウスにとって初めての経験だったからだ。

ユリウスは侯爵家の嫡男。家柄、財産、美貌、才能。そのすべてを併《あわ》せ持つユリウスは、胸焼けするほどたくさんの女性からアプローチを受けていた。一度限りの夜の誘いもあれば、結婚を前提とした堅苦しい縁談まで様々。

だが、どの女性に対しても、ユリウスは一切の興味を覚えなかった。

ユリウスにはすべての女性が同じように見えた。

そしてそれは、母アナスタシアの影響だった。

ユリウスが最後に見たアナスタシアは、棺に横たわっていた。母を囲む花は楽園を彷彿《ほうふつ》とさせ、死化粧により今にも動き出しそうなくらい血色もいい。

それなのに、これが永遠の別れとなる寂《さび》しさ。

非現実的な光景は呪《のろ》いのように長い間ユリウスを縛りつけた。その結果、ユリウスの美意識や性癖は少なからぬ影響を受け、今に至っている。

母の美しさに囚《とら》われるあまり女性に対し性欲すら湧かない自分が、侯爵家の嫡男としての務めを果たせるだろうかと不安に思うこともあった。

しかしそれはすべて杞憂《きゆう》だった。彼は今この時、死体なれども目の前の女性に心を震わせ、激しい情欲にまみれていた。

——名も知らないこの女性に、触れたい。抱きしめたい。キスしたい。頭のてっぺんから足のつま先まで、すべてを知って独占したい。ドレスも下着も剝《は》ぎ取って、その肌の質感を感じたい。冷たいのなら温めてあげたいし、この女性の求めるものなら、なんであってもすべて応えて喜ばせたい。

——穢したい。受け止めてほしい、与えたくてたまらない。この人だけを誰よりも深く愛したいし、あわよくば、自分のことも愛してほしい。

彼女を見つめているだけで、体の芯が熱を帯びてくるようだった。女性に対してこれほどまでに凄《すさ》まじい衝動を感じたのは、ユリウスにとって初めての経験。

だからこそ、ユリウスは己を疑った。

母を超える美しい女性ではなく、死んだ女性を欲している。自分は死体性愛者だったのではないか。だから今までどの女性に対しても、心が動かなかったのではないか、と。

ユリウスの指は未だ宙を泳いでいた。

横たわる女性の唇の上で、触れるか触れないか、答えが出ない状態だった。

歯を食いしばり、ユリウスは手を固く握った。誘惑を断ち切るように目を背け、立ち上がり、数歩退《さ》がった。ふくらはぎが背後にあったソファに当たり、これ以上退がれないとなったところでゆっくり深呼吸をしてから、再び彼女を見下ろした。

「もしかして、あなたが死体だからこそ、私はこんなにも惹かれているのか!?」

当然ながら、女性が答えることはない。

「いや……まさか。私は狂ってなどいない。……たぶん」

再びユリウスは呟き、せっかくとった箱との距離を、自ら詰めていった。

「もう夜も遅い。眠る時間だ。あなたも、狭い箱の中よりもここのほうが寝苦しくないだろう？　安心してほしい、私はソファを使うから。……おやすみ」

ユリウスは彼女を寝台に運び、そっと寝かせると上掛けを丁寧に掛けた。しばらく彼女の顔を眺めたあと、いい加減寝なければ、と明かりを消してソファに横になった。

彼女との出会いの翌日から、ユリウスの世界は激変した。ユリウスの目にはまるでそこら中に花が咲き誇っているかのように、何もかもが色鮮やかに輝いて映った。

栄養を摂取する作業としか認識していなかった食事に、突然美味《おい》しさを感じた。部下の呟いた冗談には腹がよじれるほど笑ったし、夕焼け空やピアノの音色にすら、涙がこみ上げてきそうなほど心を揺さぶられるようになった。

まるで、彼女と出会ったことで、五感が突然機能し始めたようだった。

朝から晩まで働き詰めの日々を送っていたユリウスは、いっそう集中して仕事に打ち込むようになった。ユリウスは仕事を完璧にこなしたうえで執務時間を圧縮させ、陽が暮れるよりも早く屋敷へ帰るようにした。

すべては夜、できるだけ長く彼女と過ごすためである。

領主としての仕事に加え、商会の仕事、議院から引き受けた仕事。仕事量は変わらないどころか、以前よりも増えている。もちろん、部下が己と同じだけ働けるとはユリウスも思っていないので、仕事を増やしたぶん雇用者も増やして対応した。

ユリウスの変化にシモンをはじめ周囲は最初こそ戸惑ったが、すぐに受け入れた。優秀なのが変わらないなら、共に笑い共感し合える主人のほうが親しみやすいに決まっているからだ。

ハルヴァート邸は東西に長く伸びた建物で、東棟をユリウスが使い、祖父であるパーヴェルが西棟を使用している。パーヴェルの妻——つまりユリウスの祖母——は何年も前に逝去しているので、お互い独り者同士。

とはいえユリウスは仕事に忙しく、パーヴェルもまた趣味に付き合いにと忙しくしているので、週末の夕食を共にする以外はめったに顔を合わせない。

「ユリウス、今日はいつになく楽しそうだな」

イヴを連れ帰ってから初めての夕食の席で、ユリウスはパーヴェルから思いも寄らない指摘を受けた。

「楽しそう？　……私がですか？　普段と何も変わりませんが」

「そうか？　まあ……人生は何が起こるかわからないからな。楽しめ、若者よ」

パーヴェルは孫の否定を信じようとはせず、ユリウスよりも一回り太い腕をテーブルの上に乗せ、白い髭《ひげ》が取り囲む口をニヤニヤと歪ませて笑っている。

ユリウスはただ夕食を共にとりながら、闇オークション摘発の件を祖父に報告していただけだ。盗品は発見したものの紛失した商品の数と合わないこと、型番などを手元の資料と照合し、引き続き調査をしていくこと……。

一度はパーヴェルの言葉を否定したものの、ユリウスは己が浮かれていると自覚せざるを得なかった。確かに、今も早く彼女に会いたくて、祖父との夕食を切り上げることばかり考えてずっとソワソワしていた。

――人生は何が起こるかわからない。

パーヴェルの言う通りである。ほんの数日前までは、誰かを愛しく思うなど考えもしなかったことだからだ。

淡々とした口調を維持したまま、ユリウスは心の中で深く頷《うなず》いた。

ただ、その浮ついた気持ちも一週間も過ぎれば落ち着いていき、今度は逆に不安が募り始めてしまう。

使用人たちには例の箱に触れないよう厳命していたものの、愚か者の手によって、彼女の存在を暴かれてしまうのではないかと戦々恐々《せんせんきょうきょう》とするようになった。

それと同時に、彼女の肉体の寿命についてもユリウスは不安で気が狂《ふ》れそうだった。

――彼女は死体なのだから、いつか朽ちてしまうはず。今は秋という季節柄、すぐに腐ることはないだろう。けれど、それも時間の問題だ。彼女を連れ帰って一週間も経っていればなおさら。

――もしもあの人が拐《さら》われたら。もしもあの人の体が、腐り始めたとしたら。

毎日毎日仕事に行くたび、ユリウスは怖くてたまらなかった。

その恐怖と不安は、仕事を終わらせ自邸に帰り、彼女の存在を確認しなければ解消することができなかった。そのうえ、負の感情は一度消えても朝になれば再び湧いて、終わりのないイタチごっこのようにユリウスを際限なく苦しませるのだ。

「遅くなってごめん。今日もようやくあなたを出してあげられる」

彼女の体に異変がないか目視により確認し、匂いも嗅《か》いで確認する。死臭はなく、いつも通りの薬草の爽やかな香り。

いくら彼女が大切とはいえ、腐ってしまったら手放すことも考えなければならない。もちろん、防腐処理をすることもユリウスの頭を過ったが、その手段は選べなかった。物にするような加工をするなど死者への冒瀆《ぼうとく》に思えてならなかったし、彼女が望むかわからないことを押し付けたくなかったからだ。むしろ、防腐処理などを一瞬でも考えた自分に、嫌悪を覚えてしまったくらいだ。

寝台へ彼女を運び、ユリウスはサイドチェアに腰掛けた。彼女をじっくり眺めたあと、ユリウスはいつものごとく語りかけ始める。

「あなたの正体を知るため、憲兵に押収資料を開示させた。でも、あなたに関する情報は何も得られなかった」

倉庫の奥に隠されていた箱のことは、摘発に立ち会った部下数名が知っている。しかし女性の死体が入っていたことは、従者のシモンですら知らない。

もしも誰かに知られたら大問題になるだろうことは想像に難《かた》くない。だからユリウスは積極的な調査ができず、勾留中のオークション主催者の接見にも行ったものの、早々に諦めざるを得なかった。

　同時に、女性の存在もあの箱の存在も示す資料がなかったことで、ユリウスはある意味安堵していた。

　彼女はあの場にいなかったことになっている。つまり、ユリウスが彼女を連れ帰ったことを咎める者はいないということだ。

　調査によってユリウスが女性の名を知ることは叶わなかったが、気持ちをいくらか軽くすることはできた。

「公的にあなたは存在していないことになっている。……美しい人、あなたは何者？」

　いくら語りかけても、彼女からの返答はない。

　わかっているし、納得もしている。だが、名を知り、呼びかけ、応えてもらえたらどれだけ幸せだろうと妄想することがやめられない。

「今まで生きてきた中で、母以上の美しい女性に出会ったことはなかった。そのせいか女性には興味がなかったが……あなただけは違う。あなたは母以上だ」

　話したことは一度もないのに、人柄のよさや清らかさが外見に滲《にじ》み出ているような気さえした。もちろんすべて己の妄想だということは、ユリウスだってわかっている。しかしわかっていてもなお、天啓《てんけい》のような確信を退《しりぞ》けるには至らない。

一方で、彼女の肉体の状態が悪くなり、これ以上一緒にいられないとなったときは、墓を用意して丁重に送り出さねばならないことを、ユリウスは確かに覚悟していた。

それなのに、一週間が経ち、二週間が経ち、そして一ヶ月が経過しても、彼女はまるで童話の眠り姫のよう。

動かない。起きない。何も食べないし、飲まない。話さない。そして、腐りもしない。

次第に、ユリウスはそんな彼女のことを奇跡だと考えるようになっていった。

「彼女の存在はこの世の法則から大きく外《はず》れている。これは奇跡だ、私に愛を教えてくれているのだ」と夢想しては、喜びに打ち震えた。

それと同時に、いつまで経っても腐らない彼女について、眠っているだけだと認識するようになり、いつしかユリウスは彼女が起きる可能性に期待し始めていた。

「今日はあなたにドレスと真珠の耳飾りを買ってみたんだ。……ほら、私が手にしているんだけど、見えるかな？　綿モスリンのエンパイアドレスで、白い生地に銀糸の刺繍と水晶ビーズがあしらってある。今あなたが着ているドレスも似合っているけど、きっとこれもあなたの魅力を引き立ててくれると思う」

日が短くなり気温も下がり、街の木々からは枯れ葉が舞い始める頃だというのに、ユリウスの世界は極彩色に輝いていた。

相変わらず、彼女は目を開けない。たとえ死んだままでもよかった。彼女がそこにいてくれるだけで、ユリウスの心は満たされていた。

ただ、期待することがどうしてもやめられないというだけで。

——いつまでこの生活が続くのだろう。この人と一緒にいられることは嬉しい。だけど……。

彼女の姿に目をやったまま、柔らかいドレスの生地に無意識に手を滑らせる。

——きっと私は、この女性に目覚めてほしいと思っている……はずだ。

できるだけ考えないようにしているが、ユリウスは己のことが恐ろしかった。

彼女と出会ったとき、ユリウスの脳裏に蘇ったのは母アナスタシアの葬式の場面。棺の中、色とりどりの花に埋もれて眠っている母の姿。その光景と彼女が重なり、たくさんの感情が溢れたのだ。

——彼女に心を奪われたのは、あの日見た母と同じく彼女が死んでいたからではないか。

つまり、私は死体しか愛せないのではないか。

ユリウスは、己が死体性愛者ではないかとずっと疑っていた。死体の彼女に出会って恋をし、激しい情欲にも駆られた。

最初はそれでもかまわなかったが、時間が経って冷静になると、己の狂気に愕然とし、自己嫌悪するようになった。

しかし彼女はいつ見ても美しく、ユリウスの心を摑んで放さない。己の倫理観の正常さを信じたいのに、疑惑を否定できるだけの材料が手元には乏《とぼ》しい。

そこでユリウスは考えた。もしも彼女が目を開き、生命活動を再開したとする。そのときにユリウスの想いが変わらぬのなら、己は死体ではなく彼女を愛しているのだとわかるはずだ、と。

もしも目覚めた彼女を見て愛情が消え失せたらと考えると、底抜けに怖くてたまらなかったが、それでも彼女が目覚めて己の異常さを否定してくれることを、強く望んでいた。

ドレスをぎゅっと握りしめ、眠る彼女に笑いかける。

「……断言する、絶対に似合うよ。いつか着てみせて」


ふと気がつくと、ユリウスは部屋の中心に立っていた。

明かりはなく、新月の日の真夜中である。何も見えないはずなのに、周囲を見回せば何もかもがはっきり認識できた。寝台脇にあるサイドチェアに張られた布の織模様も、テーブルに置かれたグラスの中にどれだけの水が残っているかも、暗闇の中なのにユリウスの目はしっかり委細を捉えている。

寝台を囲う天蓋《てんがい》のカーテンは開いたまま。中の様子を窺《うかが》ったとき、ユリウスは違和感を覚えた。

――いない？

寝台に寝かせたはずの彼女が、そこにいなかったのだ。

早鐘を打ち始める心臓。脳裏を過るのはすべて、最悪のシナリオばかり。

「わたしはここよ」

そのとき、突然背後から女性の声がかけられた。

時刻は深夜、己と彼女しかいないはずの自室。使用人の誰かが侵入したのかと、ユリウスは警戒心と猜疑心を抱えながら振り向いた。

しかしそこに立っていたのは、思いもしなかった相手。

限りなく白に近い金髪に、くすみのない、抜けるような白い肌。……彼女だった。

眠り続けていたはずの彼女は起きて動き、ユリウスに話しかけている。その身には、ユリウスが贈ったドレスを纏《まと》っていた。

白く柔らかな生地は彼女の白い肌を引き立て、デコルテラインから覗く谷間は想像していたより深い。

彼女が顔を動かすたびに髪の隙間から真珠の耳飾りが見え隠れして、恥じらっているようでとても愛らしい。

彼女のために用意したものが想像以上にぴったりで、ユリウスは我を忘れて見惚《みと》れてしまった。

「ユリウス」

目尻に向かって下がった目は大きく、中心には空色の瞳がキラキラ光り輝いている。その目を細め、彼女がユリウスに柔らかく笑いかけた。

「わ……私の名前を……っ、呼んだ!?　いや、その前に……お、起きた、のか？」

「いいえ、起きてないわ。でも、名前くらい呼べる。だってここは夢の中なんだもの」

彼女はユリウスに歩み寄り、高く透き通った声で告げた。

「夢……そうだ、ここは夢なんだ」

確かに、暗いはずの室内が何不自由なく見渡せるし、就寝中にいきなり突っ立っているということ自体おかしい。それこそ、夢でなければ説明がつかないことばかり。

ユリウスは複雑な思いだった。彼女が眠りから覚めたと思ったのに、残念ながら夢の中。

彼女と会話できることはもちろん嬉しいが、でも、夢なのだ。

「あなたの声、いつも聴こえていたわ。……ありがとう」

小さな手が重ねられ、きゅ、と握られた。いつものように冷たい皮膚ではなく、温かかった。まるで生きているみたいに。

嗅ぎ慣れたハーブの香りが漂い、触れたところがじんわり温まっていく。

彼女はユリウスを見上げながら、珊瑚色の唇を動かす。

「わたしを見つけて連れ帰ってくれてからずっと、あなたはわたしをとても丁寧に扱ってくれたわ。毎日あの箱から出して、外の話を面白おかしく聞かせてくれて……このドレスもとても素敵。ありがとう、ユリウス」

愛しい女性から再度名を呼ばれ、ユリウスは感極まっていた。

嬉しすぎて今にも泣き出しそうなくらい。そして頭に浮かんだことを、考えもなしに口に出す。

「名前！　あなたの名前が知りたいっ！」

彼女は驚きキョトンとしたのち、恥じらう仕草を見せながら告げる。

「イヴよ。わたしの名前はイヴ」

――イヴ。

ユリウスはさっそくその名を口に出してみた。聖書に登場する女性の名。呼びやすく、耳にも口にもすんなりと馴染む。

「……ユリウ――」

ぷつん、と。

ユリウスの中の何かが焼き切れた。イヴを衝動的に掻き抱き、寝台に押し倒し覆いかぶさった。

鼻先に当たる薄い皮膚、密着して押し潰された彼女の柔らかな乳房、己の脚を挟む太腿《ふともも》の肉。欲求のまま、ユリウスはイヴの首筋にいくつもの口づけを落としていった。

「っユリウス、待って、落ち着いて！」

制止の言葉はユリウスの耳には届かない。

「イヴ、愛してる……愛しているんだ。出会ってからずっと、イヴのことが頭から――」

脚をまさぐるユリウスの手が内腿の際どいところに触れ、イヴが吐息をわずかに漏らす。

そして、その扇情的《せんじょうてき》な音を拾ったユリウスは、途端に我に返った。一瞬で頭が冷えると同時にイヴの上から飛び退くと、顔を青くして寝台の隅で縮こまった。

侯爵の爵位を継ぐ者として高等な教育を受けているユリウスは、紳士としての振る舞いも当然その身に叩き込まれていた。

女性は男よりも脆《もろ》い。だからこそ大切に扱い、決して無体を働いてはならないと、己の正義感とともに意識の根底にあった……はずだ。

「……すまない。どうかしていた。違うんだ、こんなことをしたかったわけでは……あなたと会話ができたことが嬉しくて……いや、私に非があるのは事実だ」

先ほどの蛮行《ばんこう》は、ユリウスの本意ではなかった。しかし、説明しようとすればするほど聞くに耐えない弁解になってしまいそうで、ユリウスは畏縮《いしゅく》し頭を抱えた。

「……驚いたけれど、怒っていないわ。ここは夢の中だから、理性よりも欲望が強まってしまうものなのよ。あなたが途中で止めてくれただけでもすごいことだわ」

着衣の乱れを直しながら、イヴは落ち込むユリウスに説明と慰《なぐさ》めの言葉をかけた。

イヴによると、夢の中では理性の糸が現実世界よりもずっと細くなるそうだ。そのせいで、ユリウスの自制心がうまく働かなかったのだという。

だとしても、理由がどうであれ、ユリウスにとって己の理性が欲望に負けてしまったことは事実。獣に成り下がりかけたことを、深刻に恥入っていた。

「……もう二度としない」

奈落の底まで落ち込む勢いのユリウスに、イヴは包み込むような笑顔を向ける。

「わかっているわ、ユリウス。あなたが素晴らしい人だということを、わたしはちゃんと知っているから。だから、もういいの。その代わり、一緒にお話をしてくれる？」

　未だ落ち込むユリウスを気遣ってか、イヴが彼に質問を投げかける。

「あの日、どうしてわたしを連れ帰ったの？　死体なんて気味が悪かったでしょう、放っておいてくれてもよかったのに」

　イヴの問いを受け、ユリウスはあの日あの時感じたことを回想する。

「自分でもうまく言葉にはできない。イヴを連れ帰らなければと……息を呑むほどあなたが美しくて。……恋に落ちたんだと思う」

　だが、明確な言葉に置き換えることはできなかった。あまりにも強烈すぎる出会いだったので、思い出そうとすると、未だ目眩に襲われそうになるくらいだ。

「あなたをひと目見たときの衝撃は、落雷のそれと同じだった。過去現在未来、すべての時点においてイヴほど美しいと思える人はいないし、死んだ母でさえ、あなたほどではなかった」

　イヴに出会ってしまってからは、母の姿も霞《かす》んでいる。屋敷に肖像画が飾ってなければ、その輪郭すらユリウスは忘れていただろう。

「お母さまは亡くなっていらっしゃるの？」

　気遣うようにイヴが尋ねると、淡白な口調でユリウスが答える。

「もう私が幼い頃の話だ。階段から落ちて亡くなった」

「……お父さまは？」

「私は私生児なんだ。父親は屋敷を訪れた行商人の一人だと聞いている。父もいない母もいない、家族といえば祖父くらいだ」

ユリウスはあっさり返答した。すでに終わったこと、どうしようもないこととして割り切っていたからだ。

「……さぞ寂しかったでしょうね」

ユリウスの無感情な言葉に対して、イヴの口ぶりはまるでユリウスが本当は辛い思いをしていたのではないか、と慮《おもんぱか》っているようにも聞こえる。

イヴの優しさにユリウスは微笑み首を振る。

「祖父の周りには人が集まるからいつもにぎやかだったし、この歳になってまで両親との別れを引きずったりはしないよ。それに今は、あなたがいるし」

繋いでいた手をユリウスはぎゅっと握り返した。ね、とイヴを見つめると、照れたのか居心地悪そうに視線を外されてしまった。

そして、彼女の耳がわずかに赤く染まっていることをユリウスは目ざとく発見した。また有頂天になりかけて、喜びをひっそり噛み殺す。

　しばらく沈黙が流れる中、ユリウスは愛しい女性との会話を頭の中で反芻《はんすう》していた。自分には出せない女性特有の高い声。流れるように「ユリウス」と呼び、儚《はかな》く上品に微笑む様……。

「イヴはやはり……死んでいるのか？」

　ずっと聞きたかったことを、この機にユリウスは質問した。

「そうよ。わたしの体、冷たいでしょう？　脈はない、しゃべりも動きもしない。それは死んでいるからよ」

「ならばどうして朽ちない？」

　それは……とイヴは言い淀む。

「……秘密。いずれあなたにも明かすときが来るかもしれないけれど」

　曖昧な表現に止めたのは、何かを警戒したのだろう。ユリウスはなんとなく悟った。

「どうしたらそのときが来るのかな」

「わからない。……もしかしたら来ないかもしれない」

　一度逸《そ》らした視線が、躊躇《ためら》いがちにユリウスに戻される。彼はずっとイヴを見つめていたから、イヴの視線だけでなく何かに葛藤していることにも気づいた。

　ただ、詳細まではわからない。

「愛するイヴのことなら、私はなんだって知りたい。……でも、無理強いもしたくない。イヴが私に話していいと思えるまで、何も聞かないでおくよ」

ユリウスの出した答えに、イヴはわかりやすく安堵した。

「……優しいのね」

「あなたにだけだ」

イヴのホッとした微笑みに、ユリウスもニコッと微笑みを返す。

先ほど、夢の中では理性の働きが弱まることをイヴから聞いた。しかし、今度は違う。

「イヴ、あなたに触れる許しが欲しい」

夢の中だろうが現実だろうが関係ない。イヴは魅力的で美しく、ユリウスの理想そのもの。だから余計、少しでも己の想いを受け取ってほしかった。これは単なる性衝動ではなく、思慕だ。だからこそ、失礼のないよう段階を踏む。

丁重に許可を求めると、意表を突かれてイヴは多少驚いてはいたものの、表立って嫌がるそぶりは見せなかった。

二人は向き合った。視線がピタリと合わさったのち、イヴが恥じらうように俯《うつむ》く。その隙に、ユリウスが距離を縮めていく。

互いの体温が空気を通して伝わってきそうな近さ。あとほんの少しで唇と唇が重なる、という時——蝋燭《ろうそく》の火が消えるように、あたりがフッと真っ暗になった。暗闇で、得体の知れない大きな力にグングン引っ張られているような感覚。

そうして、ユリウスの幸せなひとときは終わった。

すでに窓から陽が差し込んでおり、屋敷のそこここで人の動く気配がしている。時計を見ると、すでに六時を過ぎていた。シモンが起こしにやってくる時間まで、あまり猶予はない。

——夢だった……。

ユリウスは己の習慣を忘れることなく、いつも通りソファの上で眠っていた。

もっとあの夢に浸っていたかった。ひどく名残惜しく感じ、毛布を体に巻いたまま立ち上がり、フラフラと寝台へ近づいていった。

「…………イヴ」

愛しい女性に呼びかけるが、いくら待ってもイヴが目を開けることはない。

その身に纏っているドレスも、ユリウスが贈ったものではない。

「イヴ、さっきのあれはあなたなのか？　あのドレス、すごく似合って……、それとも、私の願望が形になっただけ？」

イヴの瞳の色。夢の中では空色をしていた。

もしも今、ユリウスの目の前に横たわっているイヴが夢と同じ空色の瞳をしていたなら、あれは単なる夢ではないということになる……かもしれない。

けれども、瞳の色を確認しようにも、イヴはずっと瞼を閉じている。それをこじ開けてまで検《あらた》めるのは、死体とはいえ女性に対する行為ではない。

結局、夢の中で動くイヴが何なのか、ユリウスは深く考えないことにした。どうだっていい、イヴと話ができたのだから、ユリウスはひとまず満たされていた。

「もしかして、キスをしようとしたから怒った？　それで私を目覚めさせた？　……もしそうなら、ごめん。嫌がる様子がなかったから、てっきり受け入れてくれたのかと」

イヴを抱き上げ、棺に寝かせているときに、ふと頭を過ったことをユリウスは呟いた。

せっかくいい雰囲気だったのに、夢から追い出されるように目覚めを迎えてしまった。あのタイミングはどうしても偶然とは思えず、だったら何なのだと考えたとき、イヴが拒んだのではないかと思い至ったのだった。

もちろん、違うかもしれない。

夢自体、偶然の産物なのかもしれなかった。

しかしユリウスは信じることにしたのである。

「まずはイヴと信頼関係を築けるように努力する。だからまた、夢で会いたい。私と会ってくれ」

愛してるよ。月並みな台詞を囁いて、ユリウスは棺に蓋をした。

第二章　満たされた生活

イヴは意を決して、ユリウスの夢に入った。

夢というものは、時間、場所、時には登場人物すら曖昧にできているものなのに、ユリウスの几帳面な性格のせいか彼の夢はとても緻密《ちみつ》にできていた。

新月の闇夜、ユリウスの自室。彼はまだここにはいない。

夢の舞台はどこだっていいはずなのに、ユリウスの夢は決まってイヴと暮らしている部屋だというのが、なんとなく気恥ずかしい。

サイドチェアにはユリウスから贈られたドレスと宝飾具が置いてある。それを見たらいてもたってもいられなくなって、イヴはつい袖を通してしまった。

この姿を見てユリウスはどんな感想を抱くのだろうかと、まるで恋する乙女のようなことを考えながらイヴはこっそり心をときめかせる。

もちろん、不安もあった。

たぶん、ユリウスは死体性愛者だ。だから、たとえ夢の中でも、生きているのと同じように動いて話すイヴを見たら彼がどう反応をするのか、想像がつかない。

けれど、試してみなければ何も始まらない。だからこそイヴは意を決し、ユリウスの夢の中に入ったのだ。

しばらく夢の中で待っていると、ユリウスが現れた。彼は寝間着に身を包み、イヴに背を向け立っている。キョロキョロとあたりを確認し、寝台を見て固まった。

——もしかして、わたしを探しているの？

そんなことが頭を過り、なんて自惚《うぬぼ》れているのだろうとイヴは恥ずかしさを覚えた。しかし、直感を退けるほどの理由はどこにも見当たらない。

「わたしはここよ」

居場所を知らせる言葉が口を衝《つ》いて出てしまってから、体に緊張が走る。

——動く姿を見て、ユリウスはわたしを拒絶しないかしら。人間に限りなく近い人形として、物言わぬ死体の私を求めているのだとしたら。

心臓が激しい鼓動を繰り返していた。不安を鎮《しず》めようと、汗でベタつく両手を無意識に握りしめる。

ユリウスはイヴの声に肩をびくつかせ、時間をかけてゆっくり振り向いた。

口を一文字に引き結び、眉間に皺を寄せた硬い表情は、イヴを見るなりすぐに驚きの表情へと変わった。目を丸くして口を開け、言葉を失っている様子。

「ユリウス」

イヴは再度声をかけてみた。するとユリウスは大きな目をさらに見開き、大袈裟《おおげさ》なくらい口をガクガクと震わせた。

「わ……私の名前を……っ、呼んだ!?　いや、その前に……お、起きた、のか？」

「いいえ、起きてないわ。でも、名前くらい呼べる。だってここは夢の中なんだもの」

起きた、つまり、生き返ったかどうか。わざわざ聞くということは、ユリウスにとってそれが重要であるということだ。

頭の回転の速さ、呑み込みのよさは眠っていても健在のようで、ユリウスはすぐに状況を把握してくれた。「夢」と何度か呟いて、多少落ち着いたように見えた。

「あなたの声、いつも聞こえていたわ。……ありがとう」

イヴはユリウスの手を取り、ずっと言いたかったお礼を告げた。

彼がとんでもない変態嗜好《しこう》の持ち主だとしても、一ヶ月もの長い間、イヴを一人の女性として敬意を持って接してくれたことには変りがらない。

毎日棺から出し、寝台に寝かせ、その日の出来事を話して聞かせる。……時々愛の言葉なんかもあったものの、何年も何十年も真っ暗で硬い棺に閉じ込められていたイヴには、とてもいい気晴らしになった。

「わたしを見つけて連れ帰ってくれてからずっと、あなたはわたしをとても丁寧に扱ってくれたわ。毎日棺から出して、外の話を面白おかしく聞かせてくれて……このドレスもとても素敵。ありがとう、ユリウス」

もしもこの接触でユリウスが己への興味を失うとしても、感謝の気持ちだけは伝えておきたかった。

「名前！　あなたの名前が知りたいっ！」

何の前置きも前触れもなく、突然ユリウスがイヴに求めた。

イヴはユリウスの名を知っているが、ユリウスはイヴの名を知らない。彼が今でも名を知りたいと思っていることがわかり、イヴは深く安堵した。彼が明言したわけではないが、生死など関係なく、イヴそのものを求めてくれている気がしたからだ。

「イヴよ。わたしの名前はイヴ」

「――……イヴ」

名を呼ばれた。短い名だから一瞬だ。

にもかかわらず、膨大な熱が込められているように感じ、イヴの心がざわついた。

どこか恥ずかしくて、ドキドキして、でも、そんな感情を抱くなんておかしいと自分を落ち着ける。

ユリウスは人間で、イヴは魔女。

似ているが、非なる存在。離れているべき存在だ。

冷静になるとイヴは無性に苛立った。そもそも、ユリウスの容姿が整いすぎているのがいけないのだ。濡烏色《ぬれがらすいろ》の美しい黒髪、引き込まれそうな碧玉《へきぎょく》の瞳。緩いカーブの鼻筋も、すっきりとした顔の輪郭も、魅力的で気品に溢れ、見る者すべてを虜《とりこ》にする。

少なくとも、イヴはそうだ。溺《おぼ》れてしまいそうになる。

魔女を惑わせるなんて、恐ろしい天賦《てんぷ》の才だ。イヴはゴクリと唾を飲み込む。

「ユリウ――っ!?」

沈黙に耐えかね、彼に声をかけようとした瞬間。前触れもなくユリウスが近づき、避ける間もなく体と体がぶつかった。

揉み合うように寝台に押し倒され、息ができないほど強く抱きしめられた。それと同時に耳のそばからちゅ、ちゅ、と軽やかな音が聞こえてくる。

「ユリウス、待って、落ち着いて！」

「イヴ、愛してる」

彼の耳にはイヴの言葉が届いていないようだった。

夢は心が作り出す世界。現実よりも欲求に歯止めがかかりにくくなる。

イヴは注意していたつもりだったが、ユリウスの理性を飛ばす導火線がどこに繋っているのか気づけなかった。

ユリウスをなんとかして拒もうにも、イヴの脚の間には彼の膝が入れられており、思うように暴れられない。

「愛しているんだ。出会ってからずっと、イヴのことが頭から――」

四苦八苦しているうちに、彼の指先が太腿を滑った。

「……っ、んんっ！」

未知の刺激に背筋がゾクゾクと震え、想定外の声が漏れた。口を押さえたが遅かった。

しかし、結果としてはよかったのかもしれない。

イヴの声を聞いた途端、ユリウスがイヴから飛び退いたのだ。

「……すまない。どうかしていた。違うんだ、こんなことをしたかったわけでは……あなたと会話ができたことが嬉しくて……いや、私に非があるのは事実だ」

ユリウスは己のしでかしたことが信じられない様子だった。オロオロとしてしどろもどろで、しかし誤魔化《ごまか》そうとはしなかった。

「……驚いたけれど、怒っていないわ。ここは夢の中だから、理性よりも欲望のほうが強まってしまうものなのよ。あなたが途中で止めてくれただけでもすごいことだわ」

イヴはユリウスを責めなかった。それどころか言葉の通り、彼に感心していた。

普段から礼儀正しいユリウス。自制が難しい夢の中にあっても、彼はイヴのため、己の欲望に打ち勝ったのだ。

――ユリウスが変態なのは間違いない。でも、やっぱり紳士だわ。

彼と長くいればいるだけ、イヴはユリウスのいいところを知っていった。そして今またひとつ新たに知った。

それは、イヴが己の意思で話しユリウスの思い通りにできる存在でなくなったとしても、彼はイヴを疎《うと》まないということ。

もしかしたら、蘇生すら手伝ってくれるかもしれない。

嬉しく、ありがたいと思う反面、イヴは罪悪感に駆られていた。

ユリウスのことはもはや嫌いではなかった。夢に入ろうと思えるほどには好きで、それ相応の信頼もしていた。

ユリウスもイヴに好意を抱いているようだ。ただ、イヴが抱く好意とは質も熱量もまったく別のものである。

もしイヴが薬の行方を調べてほしいと頼んだら、ユリウスはきっと協力してくれるだろう。だがそれは、ユリウスの好意を利用することになってしまう。

いくら己の使命を果たすためだとしても、他人の想いを弄《もてあそ》んでいいわけではない。そして、それがわかっていながらも他に選択肢がないことがイヴにはとてももどかしかった。

どうしてイヴを連れ帰ったのか。その質問をきっかけにして、イヴはユリウスを聴取していくことにした。もちろん、これは双方向。ユリウスにも知りたいことが山ほどあったとておかしくないし、答えられることには答える心積もりもあった。

ユリウスに死んでいるかと聞かれたから、イヴはそうだと答えた。すると、なぜ腐らないのかと聞かれた。

当然の質問かもしれないが、イヴは己が魔女であること、とある方法で生き返ることを伝える勇気まではない。今後打ち明けるかどうかもわからない。

ユリウスがいい人であることはわかった。だが、彼に己の生殺与奪《せいさつよだつ》のすべてを預けられるほど、信頼しきっているわけではない。

魔女に親しみを抱く人間などいたとしてもほんの一握りであるし、そもそも、生き返る方法を伝えたところでドン引きされてはたまらない。

ユリウスならば乗り越えるのもそう難しくはなさそうにも思えたが、臆病なイヴにはどうしても不安が払拭《ふっしょく》できなかった。

結局イヴは笑って誤魔化し、はっきりとは答えなかった。ありがたいことに、ユリウスもそれを追及しない。

「優しいのね」

「あなたにだけだよ」

人間は魔女を利用する。でも、今は魔女《イヴ》が人間《ユリウス》を利用しようとしている。そんなことを考えて、イヴはますます申し訳なくなった。

「イヴ、あなたに触れる許しが欲しい」

膨らんでいく罪悪感に押し潰されそうになっていたところ、とんでもない要求にイヴは顔を上げた。ユリウスの表情は真剣そのもの。面食らわずにはいられない。

魔女の大半は長く生きる中で男女のあれこれを多く経験するものであり、純潔を貫く魔女などいない。ところが、イヴに限っては違った。

処女。

用心深い性格ゆえか機会に恵まれることなく、キスの経験すらなかった。

ユリウスがイヴのことを「清らか」だと表現するたび、まるで処女であることを言い当てられているようでイヴは気恥ずかしく感じていたわけだが、こと今回、男性に面と向かって見つめられ、どうしたらいいかイヴには見当もつかなかった。

一方、ユリウスは止まらない。イヴが何も言わない——言えない——のを「承諾」の意味にとらえたのか、遠慮なしにどんどん顔を近づけてくる。

そして唇が合わさるその瞬間。

——だめ、もう耐えられないっ！

イヴはユリウスを無理やり覚醒させることにした。

彼を夢から追い出して、世界が完全に消える前にイヴも意識を本体へと戻す。

——びっくりした……。

イヴの感想はそれに尽きる。

——どうしよう、キスされかけた……！　逃げてしまったけれど、次会うときはどんな顔をして会えばいいの？　それとも、もう夢に入るのをやめるべきかしら……。

強制的に夢から排除され目覚めを迎えたユリウスは、むくりと起き上がりイヴの眠る寝台のそばに虚《うつ》ろな足取りでやってきた。

「イヴ」

彼はまず、イヴの名を呼んだ。その声はどことなく期待が込められているようにも聞こえた。もっとも、現実のイヴは死んでいるので返事をすることができないけれど。

——キス云々よりもまず、夢の中で動くわたしを見て、ユリウスはどう思ったかしら。幻滅していなければいいのだけど……。

ユリウスは何も言わず、立ったまま無表情でイヴのことを見下ろしている。何も読み取れない。質問することすらできない。イヴはとても歯痒《はがゆ》かった。

「イヴ、さっきのあれはあなたなのか？　あのドレス、すごく似合って……。それとも、私の願望が形になっただけ？」

と思いきや、不意にユリウスが言葉を零した。

——願望って……どれが？　会話？　それとも、キ、キッ、キスのこと!?

今日に限ってユリウスのいつもの起床時間はとっくに過ぎていた。陽は高く昇り、シモンもそろそろ来るだろう。このまま悠長にしていられないはずだ。

それはユリウスとイヴの共通認識だったのか、ユリウスはため息を吐くと前屈みになり、イヴのことを抱き上げた。

棺にイヴを戻す手つきは、相変わらず丁寧。落とさぬよう、ゆっくり体を寝かせていく。

——……どちらにしろ、ユリウスはわたしを見捨てないということでいいのよね？　気まずいけど、またわたしが夢に入っても、嫌がらずに相手をしてくれるのよね？

ユリウスとの関係は、今後も手探りになるだろう。彼の性癖が歪んでいるためにイヴは色々と気を使わねばならないが、協力依頼できる関係を築くための第一歩としては、まずまず……といったところか。

などとイヴが自己採点をしていたところ、ユリウスがぽつりと呟きを零す。

「もしかして、キスをしようとしたから怒った？　それで私を目覚めさせた？」

――え。

イヴは何も言っていない。あのときはキスを迫られ頭が真っ白になっていたから、感情を表情に乗せることすらできていなかったはず。

にもかかわらず、ユリウスは気づいたということか。

「……ごめん。反応がないのは受け入れてくれたからかと思い込んでしまっていた」

謝罪の言葉を聞きながら、イヴは驚きと胸の痛みに戸惑った。

――どうしてわかるの？　まさか、わたしの気持ちが読めるの？　って、そんなわけないわよね。……ないわよね？

「まずはイヴと信頼関係を築けるように努力する。だから、また、夢で会いたい。……愛してるよ」

ユリウスの言葉がイヴの胸に浸透する。ぎゅううと締めつけられているみたいに痛いのに、四肢にじんわりと温かいものが広がっていくような、不思議な感覚。今にも軽やかに跳ね回りたい昂《たかぶ》りすら感じる。

しかし、それと同時にイヴはやはり申し訳ない気持ちにもなった。

ユリウスがイヴによくしてくれるのは、彼の純粋な好意——変態というのは置いておいて——からだろう。

それがわかっていながらもイヴに応えるつもりはなく、彼との接触を試みたのも、すべては協力を得るため。つまりイヴはユリウスの好意を利用しようとしているのだ。

罪悪感を覚えるが、だからといってやめるわけにもいかない。それが余計にイヴの中で罪悪感を膨らませる結果となり、道の果てにある袋小路にゆっくり追い詰められているようだった。

夢での逢瀬《おうせ》は、一日目こそユリウスに襲われそうになったりキスをされかけたりしたものの、二日目以降は彼のほうから適切な距離を保ってくれたので、イヴも必要以上に警戒をしなくてもすんだ。実際に交流するようになって知ったことだが、ユリウスは紳士なだけでなく、相手が嫌がることを強要しない優しい人だった。

　死んでいるのに、イヴが腐らない理由。他にも、イヴが魔女であるということや、今後生き返るのかどうか。イヴには質問されたくないことがいくつかあったが、一度答えを濁した質問を、ユリウスが繰り返すことはなかった。知りたくてたまらないだろうに、あくまでもイヴの気持ちを優先し、イヴが話したくなるのを待つ姿勢を貫いた。

　しかも毎夜、夢でイヴと顔を合わせるたびに、ユリウスは蕩けるような微笑みを見せてくれる。

　イヴが蘇生するには、誰かの協力が不可欠である。協力を求めて足元を見られ「生き返らせてほしければ要求を呑め」と脅迫される可能性もある。イヴの良心に反することのない要求であればいいが、もしも誰かを害することを要求されたらと考えると恐ろしくてたまらない。ふたつ返事で協力してくれたとしても、蘇生後に見返りを求められる可能性だってある。

　それが怖くてイヴは躊躇っていたけれど、毎日ユリウスと会話を重ねて、その誠実な為人を知るにつれ、ユリウスはイヴに過酷な要求をしたり、見返りにイヴを支配しようとする人ではないと確信できるようになった。

　ところが蘇生できることをユリウスに打ち明けるとして、また新たな問題が浮上する。

それは、蘇生の方法だ。

ユリウスに協力を求めるにあたって、当たり前だが蘇生方法を説明しなくてはならない。しかし、その蘇生方法がイヴにとってそう易々《やすやす》と口に出せる内容ではなかった。

それに、蘇生が可能だと知ったら、イヴが魔女であることもユリウスにバレてしまうかもしれない。

イヴが魔女だと知ったとしても、死体すら受け入れた彼ならば態度を変えないだろう。そう思っていても、魔女だと明かす勇気を持てなかった。

魔女という存在を厭《いと》わない人間は本当に稀有《けう》で、イヴがこれまで出会った中でさえ片手の数ほどもいない。

数十年に渡って魔女の作る薬を求めてくれた者たちも、感謝の言葉を口にしながらも心の中では魔女を軽蔑していた。言葉に出さなくてもわかる。目を見れば、自ずと伝わってくるのだ。

イヴは人との関わりを絶たなかったけれど、積極的に関わることもしなかったのはそのせいだ。

ひっそりと暮らしていたのは、傷つきたくなかったからだ。魔女であるせいで罵倒され、心と体に怪我《けが》を負わされるよりは、寂しくても心穏やかに生きたほうがいい。

けれど、この数百年で築き上げたイヴの持論は、ユリウスによって揺らぎ始めてしまっていた。

「わたしが生まれ育ったのは、クロノキアの北のほう。大きな湖のほとりだったから、魚料理をよく食べたわ」

「北のほうなら、もしかして、クラミス地方のセーナル湖？」

「そうよ。あそこで獲《と》れるマスが美味しいの」

「クラミス出身の料理人がやっている店を、私もひとつ知っている。ここの近くだから時折食べに行くが、ハーブ焼きが絶品なんだ。ぜひ、あなたにも食べてほしい」

イヴは隠しごとをしている後ろめたさもあって、蘇生に関する以外のことなら率先して話した。また、ユリウスもイヴの話を遮ってまで我を通すことはしなかった。

それどころか、愛する人が話してくれることなのだからと、どんな内容でも熱心に聞いてくれた。嬉しげに相槌を打ち、時折笑い、話を膨らませて返してくれる。

そうして、楽しそうな彼を見ているのがいつしかイヴも楽しくなり、嬉しさを感じるようになっていった。

「イヴは何色が好き？」

「緑よ。落ち着く色だから」

「じゃあ、次は緑の宝石……エメラルドか何かと、それに似合うドレスを贈るよ。何色でもイヴなら難なく着こなせるとは思うけど、あなたの好きな色にしたほうが、気に入ってもらえる気がするし。ちなみに好きな動物は？」

「動物？　……鳥、かしら」

「なるほど。ならばドレスに翼もつけてみようかな。女神らしさが強調されていいかもしれない」

「ちょっとユリウス、冗談よね？　舞台衣装でもないのに、……えっ、本気なの？」

ユリウスは時折いかにも大真面目に本気か嘘か判別がつきにくいような冗談を言うので、その都度イヴは気を揉んだ。それと同時にとても新鮮で、何十年何百年ぶりかというくらい、久しぶりに心から笑うことができた。

消えてなくなるまでついて回るはずだった寂寞《じゃくまく》から、ほんのいっときでも逃れられたことに、イヴはささやかな幸せを感じていた。

＊　＊　＊

イヴと過ごす日々は、ユリウスにとってつもない活力を与えた。ユリウスにとって白黒だった世界が、たくさんの鮮やかな色で塗り替えられていくようだった。

イヴが物言わぬ死体であっても関係なかった。彼女と出会えたことが嬉しく、眠る顔を眺めているだけでユリウスは幸せで胸がいっぱいになった。

夢の中でイヴとの逢瀬を重ねるようになって、幸福の質が桁違いに跳ね上がった。

もちろん、愛する人を毎日夢に見てしまうなど、執着の果てに本格的に狂った結果なのかもしれないと思わないこともなかった。だとしても、動き、話し、笑いかけるイヴを見てもなお、彼女への愛情が衰えないどころか増え続けていく自分に、ユリウスはそこはかとなく安堵していた。

きっともしもイヴが生き返ったとしても、彼女を想う気持ちは消えない。自分は死体性愛者ではなく、生死関係なくイヴを求めているにすぎないのだ。ユリウスは次第にそう考えるようになり、いつしかそれは確信に変わった。

夢の中のイヴはあまりにも生き生きとして人間味があり、己の妄想の産物だと片付けるには彼女の設定が微細すぎる。

もしかしたら何らかの、人智を超える力が働いているのかもしれない。だとしたらきっと、その力の出どころはイヴだとするのが理《り》に適《かな》う。腐敗しないという点ですでに、人智を超えているからだ。

死んでいるのに腐らない肉体を持ち、夢の中では自由に動けるイヴ。こうなったらもう、生き返っても不思議ではない。

しかしその件に関してユリウスが質問しても、イヴは答えてはくれなかった。生き返るのかどうか、否定はしないが肯定もしないのだ。

大半の質問にイヴは気さくに答えてくれるが、時折ぼかすことにユリウスは気づいていた。そしてその理由が、己に対するイヴの信頼が未だ不十分だという点にあることも。

イヴにどんな秘密や過去があってもかまわない。無理に問い質《ただ》すことはせず、イヴが抱える秘密を打ち明けてもらえる関係になれるよう、ユリウスは心を尽くし交流を重ねていった。

「イヴ、新しいドレスを着てくれたんだね。よく似合っている。本当に、とても美しい」

「ありがとう。でも……」

「でも？　どうしたの？」

「なんだか、恥ずかしいわ。翼こそないけれど、この色まるで……――」

「私の瞳の色みたい？　でも、あなたが緑色を好きだと言うからこのドレスにしたのに。もしかして、私の瞳と同じ色のドレス、同じ色のアクセサリーを身につけて、私のことを意識するようになった？」

「そっそんなんじゃないわ！　たまたまよ、これは本当に偶然よ！　ユリウスのことは、本当に、別に……そんなっ」

ユリウスはイヴに好きな色を聞き、彼女は緑色と答えた。だからその通りのドレスと首飾りを用意したのだが、それはユリウスの瞳の色でもあった。

単純にイヴが緑色を好きな可能性もあったが、顔を真っ赤にして否定するのを見て、ユリウスは嬉しさに心が弾む。

それと同時に、己の想いが半分もイヴに伝わっていないことも気づいてしまう。

「私は好きだよ。イヴのことを愛している。だから、あなたが私の瞳の色を好きだと言ってくれて、とても嬉しかった。まるで私のことも好いてくれているようで」

「わたしに入れ込んでもいいことはないわ。だってわたしは夢の中の存在なのよ？」

「それは『今は』という話だろう？　この先は変わるかもしれない。……いや、このままでもいいんだ。ただ、イヴとずっと一緒にいられるだけで私は幸せだ」

イヴが自分のことを「夢の中の存在」と言うのは、これが初めてではなかった。ユリウスが気持ちを伝えるたびにイヴはそう主張し、牽制《けんせい》しようとしていた。

イヴと夢で毎日会えるのは、もしかしたら己を死体性愛者だと思いたくないがゆえの妄想なのかもしれない。だが、己の狂気を疑いつつも、イヴを求めるユリウスの心はすでに引き返せないところまできている。

ユリウスはイヴとの温度差がもどかしくてたまらなかった。悲しくて、焦《あせ》りもしたし、時には怒りすら覚えた。それなのに、頬を赤くしたまま困り果てるイヴを見ていると、愛しい想いが溢れて止まらない。

――いっそ、このままでもいい。秘密があってもいい、生き返らなくてもいい。死体の彼女と生涯寄り添って生きるのであってもかまわないから、ずっと側にいてほしい。

イヴに対するユリウスの想いは、ますます強まるばかりだった。

そして、そんな日々の中、すべてをイヴに捧げきっているユリウスには必要のない縁談が舞い込む。

「ユリウスさま！」

王宮で開催された領主たちの定例報告会のあと、ユリウスが会議室から出たところで若い女性の声に呼び止められた。

振り向いてすぐ、ユリウスはぎょっとして目を見開く。

女性は長い赤毛をアップにし、大ぶりの耳飾りを付け、豪華《ごうか》なデイドレスを纏っていた。

深いVの字に切り込まれたデコルテは、襟ぐりどころか鳩尾《みぞおち》のあたりまで大胆に肌が露出している。肩から胸元を彩る花の装飾は、花びら一枚一枚が繊細なレースで作られ、花の中心には宝石。おまけに、スカートは傘を開いたようなボリュームで、どこからどう見ても日中の装いとしては派手すぎた。

この女性は誰か、とユリウスは頭《こうべ》を回《めぐ》らせる。王宮の中枢部にすら入り込める権力があり、夜会で着ても遜色《そんしょく》ない驕奢《ごうしゃ》なドレスを恥ずかしげもなく日中から着て歩ける人物とくれば……。

「……モーティシアさま」

この国を統べるセルゲイ・チペラ大公の娘、モーティシアである。

若い頃から子を欲しがっていた大公は、妻を五度替え還暦を過ぎてようやく待望の子を授かった。子は後にも先にもモーティシアだけであり、大公はその一人娘をたいそう溺愛している。――と、ユリウスは聞き及んでいた。

「モーティシアさま、本日の報告会は領主たちの報告会であって、お父上はご参加なさっていらっしゃいません。ですから、こちらにいらしても――」

「違うのです。わたくしはお父さまではなく、ユリウスさまにお会いしに来たのです」

「……私に？」

ユリウスはとてつもなく嫌な予感がした。

「ユリウスさま、あの……縁談のこと、ありがとう存じます。あなたみたいな華々しい殿方と結婚できるなんて、わたくし、もう……嬉しくてたまらなくて、それで」

実際に大公からユリウス宛てに縁談の話はあった。しかしイヴに心を捧げているユリウスは、その日のうちに書簡を出して断っているのだ。

そもそも、縁談は家同士の繋がりだ。アルスハイルの領主としての実務をこなしているのはユリウスだが、侯爵位は未だ祖父パーヴェルにある。

祖父の手を煩《わずら》わせずに断れたのは好都合だったと言えるものの、家長を通さずないがしろにするところに、ユリウスはまず腹を立てていた。そして、このモーティシアの言葉。

——縁談を、受けた？　私が？　断ったはずだが……？

ユリウスは耳を疑った。それと同時に周囲を見回した。

背後には、報告会が終わったばかりの会議室。まだ関係者が残っており、各自退室しているところである。

モーティシアの派手な姿は、彼女と一緒にいるユリウスにも衆目を集めさせてしまう。通り過ぎる者たちにジロジロと詮索の眼差しを向けられながら、ユリウスはとてもまずい状況だと気を揉んだ。

「……モーティシアさま、そのお話は、ここではちょっと」

モーティシアは母親の美貌を受け継ぎ、恵まれた容姿をしていた。身長は平均にわずかに足りないが、大きくてパッチリ開いたキッネ目は気位の高さと気の強さを思わせたし、常に口角が上がり、快活で社交的な人相を持っていた。

悪い娘ではないのだろうが……ただ、ユリウスの好みではなかった。

ユリウスはもっと穏やかで控えめな女性のほうが落ち着くし、モーティシアの張りのある声も頭にキンキン響くようで苦手だ。率直に言えばユリウスの理想はイヴであり、それ以外の女性はすべて、カボチャ程度にしか思えなかった。

手近な空《あ》き部屋を確認し、ユリウスはモーティシアを促した。そのあとに続いて自分も入室するが、よからぬ誤解を生まぬため、扉をわずかに開けておく。

「モーティシアさま。縁談のお話は、確かに大公閣下からその旨のご提案を頂戴いたしました。ですが、その日のうちに書面にてお断りさせていただいております。大変心苦しいことですが、何か行き違いがあったのではないかと――」

断りの書簡は、シモンが確実に手配している。文面はユリウスも確認したし、王宮の役人からは受領印ももらっている。すべて数日前にすんだ話だ。

ユリウスの暮らすクロノキア王国は〝王国〟という国号が付されているものの、実際には二十六年もの長きに渡り、王は不在のままであった。逆賊により国王一家が暗殺されてしまったからだ。

当時、誰を新国王に据えるかで揉めに揉め、会議は混迷を極めた。王の血族は辛うじて残ってはいたが、あまりにも遠縁で暮らしぶりも平民そのもの、帝王学を知るわけもない。おまけに女性の多い家系で、唯一国王として擁立《ようりつ》できそうな男性はわずか七歳の子ひとりだった。

諸々の事情を鑑《かんが》みた結果、当時大臣職にあったセルゲイ・チペラが「大公」を名乗り、国名はそのままに国王が決まるまでの中継ぎとして、国を治めることになった。

ただ、二十六年が経過した今、当時七歳の男児はとっくに成人し近隣に住む子爵令嬢と結婚してしまっているし、議院では国王の椅子が空席であることがもはや当たり前になっている。新たな国王に関する議論もまったく進んではいない。

現大公の娘の夫となる者がさらなる中継ぎとなるのか、現大公が次の大公を指名するのか、あるいは、あくまでも国王の血にこだわるのか。

様々な説が噂されていたが、依然として先行きは不透明なまま。

ユリウスとしてはたとえ次の大公の座が約束されるのだとしても、モーティシアとの結婚などありがた迷惑でしかなかった。

縁談を断ったことをユリウスが告げると、モーティシアはにっこりと微笑んだ。

「知っているわ。でも、それがどうしたというのです？　父があなたにわたくしとの結婚の話を持ちかけたのですから、それがすべてでございましょう？」

気味の悪い笑顔にユリウスは一瞬怯みかけたが、努《つと》めて冷静に反論する。

「私はお断りをいたしました。モーティシアさまとは結婚しない、という意味です」

子ども相手でもここまで細かく説明しないというくらい、ユリウスは心を砕いて言葉を選んだ。しかしモーティシアは首を振って納得しようとしない。世間知らずの頑固《がんこ》さゆえか、父の威《い》を借りねじ伏せるつもりか。

「いいえ、ユリウスさま。何度も言わせないでくださいます？　わたくしはユリウスさまの意見など、一切求めてはいないのです。父が文を送った時点で、未来は決まったも同然。それに、わたくしと結婚したら、ユリウスさまはわたくしのような美しい娘と結ばれて、おまけに次の大公の座はあなたのものになりますのよ。これを喜ばぬ者はおりませんわ。ね、ユリウスさま？」

その言い様は、ふてぶてしくもあった。まるで己は神に選ばれた人間で、他の者はすべからくひれ伏すべし、とでも言っているようにすら聞こえた。

ユリウスは嫌悪感を覚えたが、顔に出すほど幼くはない。

「……ともかく、私は正式にお断りいたしましたので。大公閣下にも改めて直接申し上げることにいたします。その後のことは閣下からお聞きになってください」

モーティシアが相手では話が通じないとわかったので、ユリウスは早々に切り上げることにした。

ちょうどモーティシアの手がユリウスに触れようと伸びているところだったが、しれっと避けたおかげでどこにも触れられずにすんだ。モーティシアはまだ何かを言いたそうにしていたものの、気づかぬふりをして去った。

＊　＊　＊

「ユリウス、どうしたの？　今日は口数が少ないわ。おまけに表情もなんだか硬い」

「……なんでもないよ。ただ少し、嫌なことがあって」

夢の中で会えば必ず、いつも瞳を輝かせて笑顔を向けてくれていたユリウス。ところが、今日はどことなく様子がおかしい。

笑顔に乏《とぼ》しく、ため息も多く、ひどく疲れているように見える。

「わたしは夢の中の存在。だから何の役にも立てないけど、愚痴《ぐち》やお話くらいは聞けるわ。

もしもユリウスの心が軽くなるのなら、わたしに悩みを打ち明けてみて？」

ユリウスは「ありがとう」とは言うものの、口がとても重そうだ。

「もしかして……縁談のこと？」

イヴはずばり問うてみた。

朝、ユリウスの部屋にシモンが来たとき、縁談がどうのと話していたのを聞いたのだ。

ユリウスはすぐに話を切り上げたが、イヴは聞き漏らさなかった。

案の定、イヴの指摘にユリウスが目を丸くして反応する。その表情はイヴの質問を肯定しているも同然だった。

「どうしてそれを……？　イヴにはまだ何も話していないはずなのに」

「わたし、死んでいても身の回りのことはわかるの。真っ暗な棺の中では何も見えないけれど、音は聞こえるのよ」

そうか、と納得するユリウスの反応を眺めながら、イヴは一抹《いちまつ》の寂しさを覚えていた。

けれど心に芽生えたものは、寂しさだけではなかった。

――ユリウスは結婚してしまうのかしら。そうなったら、わたしはどうなるの？　ユリウスの優しい声も、柔らかで愛情深い眼差しも、すべて結婚相手のものになってしまうの？

見たことのない縁談相手に対する嫉妬《しっと》と、ユリウスに対する執着心。それらを自覚するとともに、イヴは自分がそんな感情を抱いたことに愕然としてしまう。

「本当に、心配してくれてありがとう。でも、すぐに片付く。イヴが気にするほどのことではないよ」

彼は明らかにくたびれた様子であるにもかかわらず、己のことを後回しにしてでもイヴに負担をかけまいとしている。

「ユリウス……」

彼の思いやりを感じ、イヴはいっそう心配になった。寂しさ、嫉妬、執着。そんなものは置いておいて、ユリウスをなんとかしたい、癒《いや》してあげたいと、もどかしい気持ちが込み上げてくる。

イヴがユリウスと出会ってから、すでに三ヶ月近くが経過しようとしていた。

最初は彼を死体性愛者だと疑い、夢に入ることすら警戒していた。しかし彼の為人を知り、異常性癖があったとしても常に紳士的なユリウスをイヴは少しずつ信頼するようになった。そしてついに夢に入ることを決め、彼と会話を交わした。

それからはもう、止まらなかった。

ユリウスはイヴに対し、紳士であり続けた。愛を囁くが、見返りは求めない。自分のことを話しても自慢はせずに謙虚《けんきょ》なままで、時には聞き手にも回る。

いつしか、イヴはユリウスに心を許してしまっていた。生き返ることと、その方法こそ明かしてはいなかったものの、毎日ユリウスと夢で会って言葉を交わすのが楽しみで、彼が仕事を終え部屋に戻ってくるのが待ち遠しくなっていた。

ところが、楽しい日々は続かない。

ユリウスの縁談を小耳に挟み、イヴは目の前が真っ暗になった。

確かに、ユリウスは侯爵家の跡取りなのだ、誰かと結婚するに決まっている。そんな当たり前のことがどうして頭から抜けていたのか、イヴは不思議でならなかった。それと同時に頭を強く殴られたような衝撃を受けていることにも驚きで茫然とした。

さらには、己の気持ちが沈み込んでいることにも戸惑う。なぜ落ち込むのかわからないが、突如当初の目的を思い出し、イヴはぐちゃぐちゃに混乱する。

ユリウスの夢に入ったのは、突き詰めれば悪用された薬の行方を探るためだった。それなのに、気づけば本来の目的を疎《おろそ》かにして、ユリウスと過ごす日々に喜びすら抱いてしまっている始末。

そして己の愚かしさに気づいたのに、未だにユリウスをなんとかしてあげたいと思うことが止められない。

――どうしたらユリウスの気持ちを楽にしてあげられるのかしら。

――レモンバーム、セントジョーンズワート……。あなたのためにハーブティーでも淹《い》れられたらいいのに。

――でも、わたしは死んでいる。死体のままじゃ何もしてあげられない……。

「イヴ」

ユリウスに名を呼ばれ、イヴは我に返った。疲弊《ひへい》している彼にさらなる心配はかけられないと、イヴは努《つと》めて明るく振る舞う。

「どうしたの？」

「あなたを愛している」

「……っ」

飽きるほど聞き慣れていたはずの言葉なのに、どうしてかこのときばかりはイヴの心臓が大きく飛び跳ねた。

「イヴを愛しているんだ。縁談など受けるものか。本当に、私にはあなただけ。死体だってかまわない、イヴがいてさえくれれば、それだけで私は満たされる」

「………あ、ありがとう」

上の空でお礼を言い、隣に座って項垂《うなだ》れるユリウスの背を撫でながら、イヴは顔を真っ赤にしていた。

　理由はわからない。ただ、尋常じゃなくドキドキしていた。

＊　＊　＊

　透き通った声でイヴに名を紡《つむ》がれると、ユリウスは己の身すら清められていく気がした。珊瑚色の唇が愛らしく動く様子は、いくら眺めていたって飽きない。白く輝く金髪も、蒼穹を思わせる瞳も、イヴを構成する何もかもが、ユリウスには神の祝福に思えた。

　ユリウスはもともと縁談のことをイヴに話すつもりはなかった。イヴに少しの誤解も与えぬよう、彼女の与《あずか》り知らぬところで完結させるはずだったからだ。

　イヴが心配してくれるのは、彼女の関心がそれだけユリウスに向いているということ。その点については嬉しかったが、男としては不本意でいっそ恥ずかしいくらいだった。

　相手はこの国の最高権力者の娘。早く解決させたいのにちっとも思い通りに進まず、ユリウスの気持ちは逸《はや》るばかり。イヴと会えるほんのわずかな時間すらあの娘に邪魔をされているようで、ユリウスは苛立ちを募らせていた。

　領地のこと、商会のこと、それに加えて議院での公務。

ただでさえ普段から多忙なのに、モーティシアとの縁談のことで煩わされるのは迷惑以外の何ものでもない。

すでに断っているというのに、モーティシアには断られた自覚がないということも、ユリウスをいっそう不愉快にさせる要因だ。

この冬に十八を迎えるモーティシアは父親の溺愛と取り巻きのゴマスリのせいで、とんでもなくわがままな娘に成長しているらしい。ユリウスもある程度は人づてに聞き及んでいたものの、モーティシア本人と直接言葉を交わしてみてようやく、彼女の傍若無人《ぼうじゃくぶじん》ぶりを思い知った。そして一度の会話だけで金輪際《こんりんざい》会いたくないと望むほど、ユリウスは彼女のことを嫌悪した。

どうしたら縁談の不成立を彼女に理解させることができるのか。ユリウスは悩みつつ答えが出ないまま、週に一度の夕食で祖父パーヴェルと顔を合わせる。

「ユリウス、モーティシア嬢とはどういう関係なんだ？」

突然の話題にユリウスは食べ物を喉に詰まらせかけた。ゴホゴホと咳き込みながら、いよいよ気分が塞いでいく。

可能であれば、祖父の耳に入る前にすべてなかったことにしたかった。大公が祖父を飛ばしてユリウスに直接縁談を持ちかけたのだ、無理ではなかったはずだ。

しかしいよいよ噂になり始めたのだろう、ついに祖父の知るところとなった。ユリウスはモーティシアに怒りを覚えつつ、呼吸を整え何食わぬ顔で言い放つ。

「いいえ、どういう関係もありません」

「交際しているという噂があるが？」

脱力したユリウスはフォークとナイフの動きを止めた。まだ切っている途中だった肉に目を落とし、疲れが滲むため息を吐いた。

「……いいえ、違います。縁談の話があっただけです。大公閣下から直々に、婿《むこ》に来ないかと書簡を頂戴しました。おじいさまに報告しなかったのは、即日書簡にてお断りしたからです。……まさかモーティシア嬢がそれを聞き入れてくれないとは、思ってもみませんでしたが」

パーヴェルを心配させぬよう、ユリウスは明るい声を出す。

「問題ありませんよ。私の意思は変わりませんので――」

「本日、大公から儂《わし》宛てにモーティシア嬢十八歳の誕生祝賀会の招待状が届いた。宛名は儂となっているが、出席者としてお前を指定してある。これはいったい……、まあ、大公の考えることだ、なんとなく儂にもわかるが」

せっかく振り絞った空元気が台無しだ。

パーヴェル宛ての招待状で、わざわざユリウスを指名する理由。それはきっと、パーヴェルの責においてユリウスを必ず出席させるようにという、大公からの強い念押しなのだろう。

「……わかりました。出ます。出席します。……申し訳ありません」

ユリウスは諦めるとともに、パーヴェルを煩わせてしまったことを詫びた。

「お前が謝る必要はない。だが、本当にいいのか？」

「ええ。ただ、公女さまの誕生日を祝ってくる『だけ』ですから。誰に強要されようが、縁談を受ける気は毛頭ありません」

ユリウスが諦めたのは、「誕生会を欠席すること」である。縁談を断る意志は継続して固いままだ。

「ユリウス、女ができたんだろう」

パーヴェルの言葉は質問ではなく断定。嬉しそうに豪快に笑う。

「隠さなくてもいい。お前も男だ、二十五にもなって女がいないほうが不自然だ。お前のことは信用しているから、そのうち紹介してくれたらいい」

「……はい、おじいさま」

紹介も何も、その前にモーティシアのことを片付けなければ。

先が思いやられるユリウスだったが、流されるわけにもいかなかった。

今宵、ユリウスがモーティシアの誕生会に出席するにあたり、明確な目標を定めていた。

それは縁談を断ったことを大公と——可能ならばモーティシア——に認めさせることだ。

用事がすめばすぐに帰るのだからとダンスを踊る異性のパートナーは手配せず、シモンだけを連れて会場へと向かった。

まず見つけたのは大公。モーティシアにはできれば会いたくなかったから、却《かえ》って都合がよかった。

「大公閣下、本日はお招きくださり、まことにありがとうございます」

大公は高齢のため耳が遠いうえ、周囲の状況も静かとは言い難い。だからユリウスは大公のシミだらけの顔に顔を寄せ、彼の耳元で声を張った。

「よいよい、気にするな。パーヴェルは？　……ユリウス、一人か？」

大公は上機嫌だった。頬骨の出っ張ったところが赤いのは、アルコールが入っているからだろう。

「はい。従者は連れておりますが、閣下にお伝えしたいことがあり、それで参りましたので。急ぎの仕事が残っておりますので、すぐに退席させていただく予定です」

「伝えたいこととは、もしや娘のことか？」

右にも左にも人がおり、会話など容易《たやす》く聞かれてしまう。未婚のモーティシアによからぬ噂が立たぬよう、話の進め方には十分配慮しなければ……とユリウスが慎重になっていた一方で、大公はその気遣いすら台無しにした。

大公が「娘」と発言した途端、周囲にいた貴族たちの空気が変わった。それぞれ方々《ほうぼう》を向いてはいるが、ユリウスたちに意識を集中させ聞き耳を立てていることがわかる。

その下品さにユリウスは失望を覚えつつ、観念して返事をする。

「……左様にございます。モーティシアさまとのことで――」

「モーティシア！　モーティシアはおらぬか！　ユリウスがお前に会いに来たぞ！」

誕生会といえど、主役のモーティシアに会うつもりなどなかったユリウスは、慌てて大公を止めにかかる。

「閣下！　お待ちください、私は――」

「ごきげんよう、ユリウスさま」

しかし、遅かった。己の背後から聞こえた声に、ユリウスは目眩すら覚えた。わざとらしい過度な抑揚が気に障《さわ》る。

「モーティシアさま、十八歳のお誕生日を迎えられましたこと、おめでとうございます」

あえて不機嫌な調子で挨拶をしたのに、大公父娘《おやこ》はユリウスの変化に気づかない。もしかしたらあえて無視を決め込んでいるのかもしれない。

「ありがとう存じます、ユリウスさま」

初々しく頬を染め、恥じらうように伏せ目がちの態度を見せてはいるものの、ユリウスには白々しいとしか思えなかった。そもそも、モーティシアの真っ赤なドレスは目立ちたがりやで自己顕示欲の塊《かたまり》であることがひと目でわかる派手っぷり。その装いでその表情は、ちぐはぐすぎて滑稽《こっけい》だ。

「モーティシア、ユリウスは愛するお前のためにパートナーも用意せず来たそうだぞ」

「まぁ……嬉しい！」

自分たちに都合のいい解釈をする二人のことが、ユリウスにはおぞましいものに見えていた。いっそ吐き気すら催《もよお》すくらいに。

「違います。大公閣下、モーティシアさま。書面と口頭にて、お二人には確かにお伝えしたはずです、『縁談はお断りする』と」

二人の機嫌を窺っていては、丸め込まれてしまいそうだった。だからユリウスは、あけすけな態度でハッキリと告げた。大公に迎合するわけにはいかない。

ところが、ここにきて大公の表情の異変に気づく。たっぷりの皺とともに口角を上げて笑うところは変わらないが、目が一切笑っていないのだ。

耄碌《もうろく》しても、大公は大公。その迫力には鬼気迫るものがあった。

「のうユリウスや。このような華やかな場で、小難しい話などしなくともよかろう？」

「ですが、大切なことです。私は——」

「余の娘がお前には相応しくないとでも言うのか？」

「……いいえ、モーティシアさまはお美しく、どの殿方の心もひと目で奪ってしまう魅力の持ち主です。だからこそ、私にはもったいない」

こうなったら、ユリウスも一歩も引くことはできない。下手を打てばユリウス自身の人生だけではなく、もしかしたらアルスハイル侯爵領に住まう民、そしてハルヴァート商会の命運も左右されることになる。

ちょうどそのとき、会場に流れる曲が変わった。軽快に飛び跳ねる楽しげなポルカから、優雅なワルツへと。

すると、大公との話が片付いていないにもかかわらず、モーティシアがスッと横から手を差し出した。

「ユリウスさま、踊って差し上げてもよろしくてよ？」

まるで「わたくしとダンスが踊れるなんて光栄なことでしょう?」とでも言いたげで、傲慢なことこの上ない。

「いいえ、モーティシアさま。私はダンスを踊るために来たのでは——」

「あら、淑女《しゅくじょ》に恥をかかせるというの?　わたくしは大公の娘よ?」

ユリウスは呆気に取られた。父の名で脅《おど》すような真似をしたからだ。

——結婚など、誰が。絶対にするものか……!

ユリウスは心に誓い、グッと堪えてモーティシアの手を取る。

「わかりました。では、一曲だけ」

時間にしてみれば、わずか。

もはや憎悪に近い感情を抱いている相手と密着し、手を合わせ、息を合わせてステップを踏むことは、ユリウスにとって塗炭《とたん》の苦しみでしかない。

ダンスの最中、モーティシアは終始ユリウスにうっとりした眼差しを向けていたが、ユリウスはそのすべてを無視した。

どうしてか、大公父娘はユリウスを婿に欲している。そのためには手段を選ばず、根も葉もない噂のひとつやふたつ流すくらい簡単なことだろう。

しかしたとえ噂であろうとも、モーティシアと関係があるなどと、ユリウスは誰にも思われたくなかった。

ユリウスには、イヴという愛しい存在がいる。

イヴが死んだままなのかも生き返るのかもわからないし、彼女を妻として公の場で紹介できる未来を摑めるのかもわからない。

そもそも妻にしたいと言って、彼女に承諾してもらえるのかさえわからない。それでもユリウスが欲しいと思う女性はイヴだけだ。だからこそ、彼女に対しては常に誠実でありたかったのだ。

幸いなことに、この会場にはユリウス以外にもたくさんの招待客がいた。中でも二十代から三十代の若者は、モーティシアの気を引こうと夢中だ。

モーティシアの心を射止め結婚までこぎつけたなら、この国の頂点に立つことも夢ではない。そんな下心を持つ男たちは、ユリウスがモーティシアとダンスを終えた途端、わっと彼女に群がった。

そのおかげでユリウスも、モーティシアから離れることができた。

ユリウスは己の甘さを悔いていた。大公の黒い噂は幾度《いくど》となく耳にしていたが、曲《ま》がりなりにもこの国の統治者、話せばわかってくれるはずだと誤信していた。娘のことをどんなに溺愛していても、父として諫《いさ》めることくらいはするだろうと。

周到に立ち回らなければ、このまま結婚まで押し切られる恐れがある。ユリウスは悔《くや》しさに歯噛みしながら、ひとまずこの場を離れることにした。

足早に人と人との間を縫うようにすり抜け、あと少しで会場から出られるというタイミングで、背後から嗄《か》れた声に呼び止められてしまう。

「もう下がるのか？　主役に辞することもなく、祝いの酒も飲まぬまま？」

いつの間にかユリウスのすぐ後ろに大公が立っていた。

その両手には赤ワイン入りのグラスがあり、片方をユリウスに差し出した。受け取らないわけにもいかず、手にしてすぐに嫌々ながらも口をつける。

味わえる状況ではなかった。事務的に胃の中に流し込み、急いでグラスを空ける。すると大公はユリウスに歩み寄って肩組みし、顔を近づけ小さな声で唆《そそのか》す。

「よいかユリウス・ハルヴァート。余は大公の地位に就《つ》き、国王不在のこの国を長らく守ってきた。当時は新たな国王を擁立するまでの中継ぎのつもりだったが……その結果、どうだ？　王族の血を引いた唯一の男児は田舎貴族におさまってしまい、余は四半世紀以上に渡りこの大国を統治し続けてきたのだ。今頃になって眉唾《まゆつば》の王族に権力を奉還《ほうかん》するよりも、余の一族が代々『大公』を名乗り、民を牽引《けんいん》していくほうが、まともな世を築けるとは思わぬか？」

大公は、いずれモーティシアとその夫に権力を譲る心算《しんさん》のようだった。つまり、己と己の地位が中継ぎにすぎないという前提を否定し、己の血で国を統治することを望んでいるということだ。

ユリウスには何の魅力も感じられない話だが、そうと気づかぬ大公は甘言を紡ぐ。

「モーティシアと夫婦になれ。さすれば若造《わかぞう》、お前にはこの先大公の地位を約束しよう。すべての民の頂点ぞ？　国中の人間が己ただ一人に傅《かしず》き、神に限りなく近い存在となるのだ。権力と地位が欲しい、羨ましい、頂《いただき》に立ちたいとは思わぬか？」

金と名誉と権力は、どの時代でも欲しがる者は多い。ユリウスも当然欲しかろう、と大公は疑わないのだろう。

「いいえ、私は――」

「闇オークションの件は、余の耳にも届いている」

「……はい？」

大公の誘惑を断ろうとしていたところ、ユリウスはギクリと肩を揺らした。

ユリウスの頭を真っ先に過ったのは、イヴの存在だ。

彼女を連れ帰ったことは、シモンすら知らない秘密のはず。だが、大公にバレてしまったのか。わざわざその話を出すくらいだから、もしや……とユリウスは警戒した。

「憲兵隊へ納入される予定の武器が、悪党どもの元へ流されていたそうではないか」

しかし大公はイヴのことには触れなかった。

「……はい。ですが、その後も調査と摘発を続けた結果、すでに取引されたものの大半は回収がすんでおり、そうでないものも製造番号ですべて管理してありますので追跡が可能です。我がハルヴァート商会が私兵とともに盗品を追っていく過程で、三つの盗賊団のアジトと密輸現場を制圧し、議院および憲兵隊への報告も——」

安堵もあり、少し早口に状況を説明している中、大公は笑った。ニヤリと、気味悪く。

「そんな取るに足らん手柄、余のひと声でなかったことにできるのだぞ」

「……それはいったい、どういうことでしょうか」

さらに大公の顔が近づいた。生温《なまぬる》い吐息がかかるのが不快でたまらないが、立場上ユリウスには突き放すことができない。

「ユリウス・ハルヴァートは納入武器の代金について水増し請求を行い、多額の金銭を搾取せしめたうえ、納入予定の官品を犯罪組織へ横流ししていた。……どうだ、この話のほうが信憑性《しんぴょうせい》があるとは思わんか？」

絶対的な権力者であり、捕食者。

大公が己を丸め込もうとしているのが、ユリウスには手に取るようにわかった。

かったというのに。

「……パーヴェルも八十が近い、か」

そして、次に大公の口から飛び出したのは、祖父の名。今まで話題にすら上がっていなかったというのに。

「閣下？　祖父が何か——」

「パーヴェルはこの国の功労者だ。亡き国王にも余にもよく仕え、アルスハイルはおろか国の発展にも寄与した。そんな英雄が牢獄の中でみすぼらしく終えていくところを、孫としても見たくはないだろう？」

その表情から、大公の言わんとしていることをユリウスは正確に読み取った。

つまり、モーティシアとの縁談を承諾しなければ、祖父パーヴェルに危害を加える——冤罪《えんざい》で投獄する——と、大公はユリウスを脅しているのだ。

いくらハルヴァート家が広大なアルスハイルを領地に持つ侯爵家だとしても、大公を敵に回すのは明らかに分が悪すぎた。

現当主であるパーヴェルを介さずユリウスに直接縁談の書簡を送るくらいだ、きっと大公はパーヴェルのことを軽んじているのだろう。ユリウスが大公の意に逆らえば、祖父に容赦なく危害を加えられる恐れがある。

「——……少し、考えさせてください」

ユリウスはそう答えた。時間稼ぎでしかないが、すぐ結論を出すよりはいい。祖父を人質にされてしまっては、今のユリウスに対抗できる術はないのだ。かといって、このまま白旗を上げたくもない。

祖父のこと、領地のこと、イヴのこと。

あらゆることに思いを巡らせながら、ユリウスは会場を後にした。

……はずだった。

ふいに視界が大きく歪み体中から力が抜け落ちて、膝が言うことをきかなくなった。事態が呑み込めず為《な》す術《すべ》もない。ガクン、と体が傾ぐ。

「若!?」

会場の外で待っていたシモンの悲鳴のような呼び声が耳に響いた。


「……う、――っ?」

どれだけの時間が経ったのか。体に重いものを感じ、意識が浮上する。霞《かす》んでいる視界の中で、目に痛い刺激色の何かが動いていた。

シュルシュルという衣擦れの音も聞こえ、間を空けてその音がネクタイの解《ほど》かれる音だと気づく。

「やめ、ろ……」

ユリウスは力が入らない体を奮《ふる》い立たせ、勝手をしようとする手を摑んだ。それは想像以上に細く、まるで棒切れみたいだった。

「あら、もう起きたのね」

ギョッとした。

気を抜けばすぐにでも遠のきそうになる意識を引き止め、声の主を確認する。まだおぼろげな視界の中、目を凝らして見えてきたのは、豊かな赤毛、つり上がり気味の高飛車な目、真っ赤な口紅……モーティシアだった。

状況が把握しきれない。なぜ、寝台の上でモーティシアにのし掛かられているのか。

近くの部屋に運び込まれ、医者を呼んでくるとシモンに声をかけられたところまではなんとなく記憶にあったが、それから先はわからない。

しかし主人を何よりも重んじるシモンが、モーティシアを部屋に引き入れたとは到底思えない。彼が部屋を空けている隙に、モーティシアが入り込んだと考えるほうが理に適っている。

ましてや、ここは王宮。大公の思いのままにならぬ場所はない。大公に仕える者たちが、その娘であるモーティシアの邪魔をするわけがない。

「まだまだ体がお辛いでしょう？　ユリウスさまはそのまま横になっていればよろしいのよ。眠気に身を委《ゆだ》ねてもいいわ。わたくしがぜーんぶして差し上げるから」

突然の体調不良、昏倒《こんとう》。

モーティシアの誕生会、ユリウスが口をつけたものといえば赤ワインだけ。しかも、大公から直々に手渡されたものだ。あれに薬を盛られたのだと、モーティシアの言葉で確信した。

「何を……飲ませた？」

モーティシアは高らかに笑った。その声がまた、頭にキンキン響いて痛い。

「ユリウスさまったら、人聞きの悪いことをおっしゃらないでくださる？　ユリウスさまがご自分で飲んだのでしょう？　全部ユリウスさまのせいよ。ユリウスさまがわたくしを拒もうなんてなさるから」

吐き気と頭痛と目眩に襲われ、ユリウスの顔は苦悶《くもん》に歪み額には汗が光っていた。

モーティシアがユリウスの前髪を許可もなくかき上げた。指先が汗で濡れたけれど、彼女に気にする様子はない。

続けて、顔の輪郭を撫でるように指をそっと走らせた。その指は唇を撫で、喉を撫で、服の上からユリウスの体の正中線を撫でた。

モーティシアは舌舐めずりしながら、ユリウスを見下ろして微笑む。

「……そう、ユリウスさまのせい。こんなに美しい殿方を、わたくしが欲しがらないわけないじゃない。あなたはわたくしのお眼鏡に適ったのよ、自信を持ちなさい？　でも、愚かな男よね。最初から大人しく、お父さまの命令に従っていればよかったのに」

ユリウスさま、とモーティシアに呼ばれるたび、ユリウスの不快感はどんどん積み上がっていった。モーティシアの話す内容も、独りよがりで実に不愉快。まるでユリウスのことを宝飾具か何かと思っているような扱いだ。

そして、なんだっていい、己の名をこれ以上呼んでくれるなと、ユリウスは吐き気と必死に戦っていた。

「観念して、わたくしのことを受け入れなさいな」

頭部を両手で固定され、為す術もなくユリウスは唇を奪われる。無理やり押し付けられたそれは厚く塗られた口紅のせいでナメクジみたいにねっとりとぬめり、適量を知らない香水の匂いはもはや悪臭でしかなかった。

「きゃっ！」

胃の内容物がこみ上げてくるのを感じながら、ユリウスは無我夢中でモーティシアの体を押しのけた。モーティシアの嗜虐欲《しぎゃくよく》を喪失《そうしつ》させるまでには至らなかったが、彼女を寝台の端に追いやることには成功する。

「まだそんな力が残っていたのね……ユリウスさま、痛いじゃないの」

恨《うら》み言を吐くモーティシアを無視し、ユリウスは逃げようと試みる。重い足を寝台から下ろし、両手を突っ張って体を起こした。しかし、立ち上がろうとしたところで、力の入らぬ足がもつれてバランスを崩してしまう。

摑まろうとしたサイドテーブルは安定性に欠ける一本脚の造りで、ユリウスもろとも転倒した。上に乗っていた水差しとコップも床に落ち、大きな音とともにガラスが割れて辺りに破片が散らばった。

ユリウスは無我夢中で、最も大きなガラスの破片に手を伸ばす。

モーティシアはその一部始終を目撃していたが、ユリウスが武器になり得るものを持っていると知ってもなお、せせら笑ってあしらった。

「あはっ、もしかしてユリウスさま、そんなものでわたくしを傷つけるおつもり？　わたくしの叫び声で誰かが駆け付けたなら、言い逃れできない状況になるのに？」

モーティシアは寝台から降り、警戒もせずにユリウスに近寄る。一方のユリウスは、うつ伏せの体勢から体をねじり、モーティシアを見上げた。

「頼むから、その耳障りな声を、少し……止めていて、くれないかっ」

「……み、耳障り、ですって？　わたくしのこの、美声が!?」

激昂《げっこう》するモーティシアを尻目に、ユリウスは破片を握る手を振りかざした。

どうなろうと気にしている余裕はない。そのまま勢いをつけて——ユリウスは、鋭い切っ先を己の太腿に突き立てた。

「え、な……、キャアアアーッ!?」

突然のことにモーティシアは甲高い悲鳴を上げた。

ユリウスは初めから、モーティシアを傷つけるつもりなどなかった。ガラスの破片は朦《もう》朧《ろう》とする意識を痛みで覚醒させようと握ったものだったし、モーティシアがいくら憎かろうが、女性に危害を加えようなどとユリウスは考えたこともなかった。

モーティシアは想定外の事態に慌てふためき、またその悲鳴を聞きつけ部屋に飛び込んできたシモンも、驚愕の声を上げる。

「……ええっ、若？　どうして……血!?　いったい何が!?」

脚にガラスを突き立てて苦悶の表情を浮かべている主人のもとへ、シモンは駆け寄った。すぐさまユリウスの体を起こし、応急処置に取りかかる。

「少し我慢をなさってください」

シモンはユリウスに告げるや否や、ひと思いに破片を引き抜き、己のネクタイを解いて止血帯として足に巻いた。

ユリウスは鋭い痛みに呻《うめ》き声を上げたが、その痛みのおかげで薬の影響が少し薄らいでいた。

「モーティシアさま、説明してください。この状況はいったいどういうことですか!?」

手当てをするシモンの詰問《きつもん》に、モーティシアはびくついた。

ところが、彼女が答えるよりも早くユリウスが苦しそうに呟く。

「シモン、いいから、私を連れ帰ってくれ……早く……。とにかく、帰りたいんだ」

シモンは事情がわからぬままで不服そうではあったものの、主人であるユリウスの願いを聞き入れてくれた。応急処置を手早く終え、ユリウスに肩を貸す。

ユリウスはシモンに支えられて部屋を出て、馬車に倒れるように乗り込んだ。

縁談を受け入れないユリウスに焦《じ》れて、モーティシアは既成事実を作ろうとしたのだろうが、企《たくら》みを阻止できたのは唯一幸運だった。

——このまま眠って、イヴに会いたい。イヴに癒されたい……。

モーティシアにひどい扱いを受けた反動か、いつも以上にユリウスの頭はイヴのことでいっぱいになる。馬車が動き出し、王宮の敷地を抜けたところでユリウスは気を失った。

＊　＊　＊

愛している、なんて、何度聞かされたか知れない。ユリウスはイヴと接するたび、愛の言葉を惜しみなく注いだ。

最初は、死体相手に何を血迷ったことを考えているんだろう、とイヴは冷ややかに眺めていた。しかしユリウスの想いには揺らぎがなく、あまりにも真摯《しんし》な姿勢にいつしかイヴの警戒心も緩み薄れていった。

けれど、イヴは魔女である。

見た目は人間そのものでも、不老不死に近い肉体と豊富な知識、人智を超えた力――魔力――を持つ存在。

大昔には魔女も人と仲良く暮らしていたと聞くが、アビゲイルという魔女が国を揺るがす大事件を起こしたせいで、魔女は人に忌み嫌われるようになった。それは今なお続いており、だからイヴも人間と深く関わることなく生きてきた……というのに。

イヴがユリウスの夢に姿を現した理由は、睡眠薬の行方を知るため。

あの男たちがイヴを口封じのために殺してまで、隠蔽《いんぺい》したかった薬の用途を突き止め、可能ならば被害者に何らかの償《つぐな》いをしたいと考えていたからだ。

にもかかわらず、出会って三ヶ月が経ってみれば、イヴはユリウスと暮らす日々や交わす言葉の数々に、当初の目的とは違うものを見出すようになっていた。

ユリウスの芯の通ったまっすぐな声。会話の端々に滲む、彼の人柄のよさ、人望の厚さ、頭の回転の速さ、そして愛情の深さ。イヴはいつしか惹かれ、ユリウスといることに新鮮な心地よさを感じるようになっていた。

イヴは今、ユリウスとの関係を悩んでいた。

三百年近く生きてきたイヴにとって、ユリウスほど親しくなった人間はいない。

——もしかしてわたし、ユリウスのことが……好きなの？

縁談のことで頭を悩ませていたユリウスに、「愛している」と言われたとき。

どうしても、いつものようには聞き流すことができなかった。その言葉は、イヴの心の中で反響して、増幅され、思わず戸惑い赤面した。

その理由を考えたとき、イヴは己の内に宿った思いに気づかされたのだった。

——そんな、まさか。だって、わたしは魔女よ？　魔女が人を好きになるなんて、愚かにもほどがある。

——ユリウスが心配。あの人を助けてあげたい。あの人が望むことなら、何だって。

そう思っても、イヴは魔女に違いない。

人間を好きになったところで、相思相愛になれる確率は低い。奇跡的に成就したとしても、周囲の者が反対するに決まっている。彼は侯爵家を継ぐ者なのだから、なおさら。

そもそも、ユリウスはイヴが魔女だと知らないのだ。

越えるべき壁はまだ幾重《いくえ》にもあって、それらすべてを打ち払うだけの勇気を、臆病なイヴは持てそうになかった。

――違う。ユリウスのことは好きだけど、そういう「好き」じゃないわ。誰かを好きになったことがないから、何かと勘違いしているのよ。

――わたしのことはいい。わたしなんかより、ユリウスに幸せになってほしい。

イヴはそう言い訳して、己の気持ちに蓋をした。傷つきたくないがために予防線を張らずにはいられなかったのだ。


――医者はまだか！　早く！

――……若、聞こえますか？　あなたの部屋です、戻りましたよ！

――急に倒れたんだ。体調不良じゃない、薬だ。何かを盛られたんだ。

——モーティシア・チペラ。あの女のせいだ。うちの若になんてことを……っ！

今日はいつもより早くユリウスが帰ってきたらしい。大勢で騒々しく入ってきたと思ったら、剣呑《けんのん》な言葉が断片的に聞こえてきて、イヴは気が気ではなかった。

棺の中で横たわりながら聞き取れた情報をまとめると、縁談を断りに向かった先でユリウスは、縁談の相手モーティシアに薬を盛られ、ひどい目に遭《あ》わされたというところか。

モーティシアという名前はイヴも聞いた覚えがある。「美人だけどずいぶん出しゃばりで傲慢なお嬢様」だと、部屋を掃除に来たメイドたちが噂していたはずだ。

医者にユリウスを診《み》てもらい、シモンの興奮はいくぶんか収まった様子だった。しかし主人を敬愛している彼はなかなか平常心には戻れないようで、手当ての間中穏やかでない言葉をしきりに口にしていた。

命に別状はないと聞いてイヴは胸を撫で下ろしたが、それと同時に罪悪感を抱いた。

ここ最近ユリウスが悩み、苦しんでいるのには気づいていたのに、「気にするな」と言われてその通りにしてしまったことを、イヴは一人悔いていた。ユリウスの苦悩をイヴが綺麗さっぱり消してあげることができるわけではない。けれど、何かをすることで、ユリウスの心を軽くすることくらいはできたかもしれなかった。

イヴはユリウスのために何かしたくてたまらなかった。死体としてただ横たわっていることが、こんなにもどかしいと感じるなんて初めての経験だった。

——ユリウスを助けたい。少しでも癒してあげられるのなら、わたしは生き返るわ。たとえ彼に拒まれる結果となっても……。

ユリウスの態度が変わることを恐れて結論を先延ばしにしていた日々が嘘のように、イヴは唐突に決意する。

部屋から人の気配が消えるや否や、イヴはユリウスの夢の中に飛び込んだ。


「ユリウス……ユリウス」

イヴは懸命に呼びかける。

今日の夢はいつもの夢の中とは違い、何もない開けた世界にユリウスがぽつんと仰向けで横たわっていた。イヴはユリウスのそばに腰を下ろし、体を何度も揺さぶって、夢の中での覚醒を迫った。根気強く呼びかけていると、ユリウスはうっすら瞼を開ける。

「——……ああ、イヴ」

目が合ったユリウスは一瞬、泣きそうに見えた。はあ、と大きく息を吐き、座るイヴの太腿に顔を埋《うず》めるようにして抱きついた。

夢の中は現実世界とは違う。脚の怪我《けが》も今だけは痛まないはずだ。でも、心が受けたダメージは継続することが多い。

「ユリウス、何があったの？」

イヴは指でユリウスの黒髪を梳いた。サラサラと毛先まで滑っては、また頭頂部から撫でるように。

「ねえ……もしかして、縁談の相手って、モーティシア……さん？」

勢いよくユリウスが顔を上げた。なぜ知っているのか、とその顔に書いてある。

「さっきシモンさんが話しているのが聞こえたの。薬を盛られて……怪我したのね？」

ユリウスは言葉なく俯《うつむ》いた。他の女性と揉めているなんて、ばつが悪いとでも思っているのだろう。だが、そこはイヴにはどうでもよかった。

「ユリウスが傷つけられるのは、わたしには耐えられない。だから、差し出がましいことを言うようだけど……あの人はやめたほうがいいと思う」

イヴはただ、ユリウスのことが心配だった。ユリウスが優しくしてくれたぶん、イヴも彼の力になりたかった。

ところが、イヴの言葉にユリウスが噛みつく。

「……今、『あの人は』と言った？　他の女性ならいいということ？　なぜ？」

「だってあなたは貴族の嫡子でしょう？　いずれは結婚しなくちゃいけないもの」

「イヴ、何を……結婚？　私が好きなのはイヴだけだし、結婚するなら相手はあなただ。こんなに愛しているのに……何を他人事みたいに！」

ユリウスが勢いよく起き上がり、イヴの正面に向き直った。イヴの細い二の腕を摑んで、わかってくれと圧をかける。

「ユリウス、落ち着いて。わたしだって、あなたのために何かしたいと思っているわ。でも――」

ユリウスは将来、侯爵家を継ぐのだ。彼の隣にいるべきは彼に釣り合う令嬢であり、現在死体の魔女ではない。

ところが、ユリウスはイヴがすべて言い終わらないうちに、思わぬ爆弾発言をする。

「イヴはそのうち生き返るんだろう？」

イヴの止まったはずの心臓がどきりと跳ねた。蘇生の話はまだユリウスには伝えていないのに、どうして知っているのか。

「出会ってからもう三ヶ月近く経つのに、イヴの体は出会ったときのまま腐りも朽ちもしないじゃないか。いくら死んでいると言われても、見れば見るほど眠っているだけとしか思えない。聞かれたくないのかと思って、このことを話題にするのを避けてきたけれど

「……本当はどうなんだ？」

「そっそれは──」

「ずっと言えなかったが、毎朝私は密かに期待していたよ。朝の目覚めとともに、『おはよう』と言ってイヴが私に笑いかけてくれるのではないかと。何度失望しようとも、私はこの先も期待し続けると断言できる」

ユリウスがそんな思いを抱えていたなんて、イヴはちっとも知らなかった。

またしてもイヴの心臓の鼓動が乱れた。もしくは、そう錯覚しているだけか。

──ユリウスは、わたしが生き返るのを望んでくれているの？

イヴはずっと、ユリウスが死体性愛者だと考えていた。生き返れば薬やハーブでユリウスを癒すことができる。一方で、彼がイヴに目を向けてくれることは二度となくなるかもしれない。それでもイヴはユリウスのため、覚悟を決めたつもりだった。

ユリウスの言葉にイヴは目の前が突然明るくなったような気分で、冷静であれと自分を落ち着かせたいのに、心がフワフワと浮いてしまう。

「……別にいいんだ、あなたが目覚めないとしても。それでも私はあなたを手放したいとは思わない。誓ってもいい、一生あなたのそばにいるから」

熱のこもった言葉とともに、ユリウスはイヴの手を強く握った。

「私はイヴを伴侶にしたい。普通の結婚でも冥婚でも、とにかくあなたが欲しい。あなた以外には誰も要らないんだ！」

冥婚とは生者と死者の結婚のことだ。この国にはそんな風習はないし、魔女のイヴですら詳しく知らない。

ユリウスが一人でどれだけ思い詰めていたのかと考えると、イヴは胸が痛んだ。と同時に、喜びで胸が震える。もう悩まなくてもいい、わたしは生き返ることができるのだと、ユリウスに打ち明けたい思いに駆られてしまう。

けれどイヴは臆病すぎた。生き返る決意をしたはずなのに、魔女だと打ち明けるのが怖かった。だから論点をすり替えて、ユリウスの熱情を冷まそうとする。

「……へっ、変態よ。どうかしてる。死体との結婚を考えるなんて」

「ああ、認める。私は狂っているし、変態だよ」

イヴの瞳をじっと見据え、大真面目に開き直るユリウス。

この状況は明らかに滑稽で感動の場面には程遠いはずなのに、どうしてかイヴはさらなる胸の高鳴りを覚えた。

ユリウスは止まらなかった。熱に浮かされ暴走しているようにも見えた。

「私だって愚かではない。だから自分の異常さも、家や領地にどんな影響を及ぼすかも十分理解しているつもりだ。それでも、なんとしてでも、イヴのことが諦めきれない。あなたのいない未来なんて、私にはなんの価値もない」

イヴはひどく狼狽《うろた》えていた。現状、悪用された薬の行方を探《さぐ》るという本来の使命が疎《おろそ》かになっているのはイヴも承知していたし、魔女が人間の近くにいることの危険性も理解していたはずだ。ユリウスの力になりたいという気持ちは本物だが、結婚など考えてすらいない。

けれども、ユリウスの求愛に胸がときめいてしまうし、このまま流されたいという思いが強すぎて、自制するのもぎりぎりの状態。なのに、魔女とは明かしたくない。

「だっだめよユリウス、考え直しましょう？　あなたは若く、賢いわ。ご家族がいてお仕事もある。これ以上わたしに関わってはいけない。もっと地に足をつけた生き方を――」

「イヴ、本気なんだ。私の妻になってほしい。あなたが生きていようが死んでいようがかまわない。あなたと一緒にいるためなら、私はなんだってする」

どこまでもまっすぐなプロポーズの言葉。

嬉しくて、悲しい。

――ユリウスは知らないから。わたしが魔女だと知らないから、そんな呑気《のんき》なことが言えるのだわ。その事実を知ったなら、きっとユリウスも幻滅するはず。

イヴは打ち明けることを躊躇った。その代わり、秘密にしたまま説得できる道を探る。

「……ユリウスのことが大切だからこそ、言うわ。わたしの存在が普通じゃないことは、自分でも十分に自覚してる。この先わたしと一緒にいたら、あなたは必ず破綻する」

そんなことない、と言おうとするユリウスを制し、イヴはニッコリ微笑んだ。

「ユリウスにはよくしてもらったから、誰よりも幸せになってほしいの。だから、わたしはこれ以上あなたに近づきたくないの」

ユリウスのプロポーズも愛の言葉も、向けてくれる想いのすべてにイヴはとても感謝していた。それと同時に自分がユリウスに心から惹かれていることを、否定する余地もないほど自覚した。それこそ、いっそ彼の胸に飛び込みたいくらいだ。

ユリウスは死体を愛する変態かもしれないが、紳士だ。女性に優しく、素晴らしい男性。ユリウスと一緒にいたならば、己の寂しさも消えるだろう。愛を得て、イヴは満たされた日々を過ごせるだろう。

けれどイヴが魔女だと知れば、きっとユリウスも嫌悪する。そうでなかったとしても、魔女である自分はユリウスの邪魔にしかならない。

ユリウスはイヴの葛藤《かっとう》を知らない。だから納得してくれない。

「イヴは間違ってる。私の幸せは、イヴといることだ。あなたのいない世界になど、私の幸せも存在しない」

嬉しいのに、素直に喜べない。身動きが取れず困惑するイヴを、ユリウスは追い詰めていく。

「イヴはどうなるのが幸せ？　私と離れることが幸せ？」

「わたしの幸せ？　……そんなもの、今は関係ないでしょう」

「いいや、関係ある。考えて。私はイヴのそばにいることが幸せだ。あなたは？」

魔女は寂寞とともに生きていくのが運命。誰かに寄り添い共に歩む幸せなど、考えてはいけない……はずだ。

「わたしは……」

――いたい。ユリウスと一緒にいたい。……いいえ、だめ。でも。だけど。

「わたしのことはいいの」

首を振り、誤魔化そうとした。だが、ユリウスには通用しない。

「よくないよ。自己犠牲の精神も、行きすぎると卑屈なだけだ。イヴ、あなたはどうしたい？　私はそれが知りたいんだ」

「わたしは……だって、…………魔女なのよ？　わたしは魔女なの！」

もうどうしようもなかった。これ以上、隠しておけなかった。

関係を壊したくないのに、他に方法が見つからない。コツコツ積み上げてきたものが、音を立てて崩れていくようだ。

「……隠していてごめんなさい。あなたに嫌われたくなくて、どうしても言えなかった」

愛する人が魔女であることを知ったら、大抵の者は気味悪がって逃げ出すものだ。ユリウスだってそうに違いないと、イヴは諦観《ていかん》を抱いていた。

「嫌うなんて、まさか！　イヴが魔女だからなんだというんだ？　……ああ、そうか、イヴは魔女なのか。だったらなおさら、あなたが生き返る気がしてきた」

ユリウスはイヴを嫌悪して逃げたりしなかった。それどころかあっさり受け入れ、魔女だということを喜んですらいるようだった。

イヴは混乱した。ユリウスの反応が想像と違いすぎていたからだ。

「……ユリウスはわたしのことを不気味だと思わないの？　……魔女よ？」

「それが何？　イヴはイヴだろう？　確かに、魔女アビゲイルはこの国を引っかき回したが、彼女とあなたにどういう繋がりが？　人間の中に善人と悪人がいるように、魔女の中にも善良な魔女と悪い魔女がいて当然だ」

ちなみに、イヴは善良な魔女なのだろうね。そんなことをユリウスはしみじみと付け加えた。

イヴの中で何かがどんどん膨らんでいく。大きくなってパンッと弾けたら、もう後戻りはできない気がした。

「死んでいるからなに？　魔女だからなに？　私はイヴが欲しいだけだ。イヴを幸せにしたいし、そうすることが私の幸せでもあるんだ。必ずあなたを幸せにするから、身も心も、すべて私に委ねてくれないか。……イヴ、一緒に幸せになろう」

ユリウスがイヴの小さな手を取り、白い甲に口づけを落とす。

その瞬間、イヴの中で何かが弾けた。温かくて、切なくて、泣きたくなるほどの多幸感。

「ユリウス……あなた正気じゃないわ」

「ああ、正気じゃない、わかってる。でも、止められない。あなたに夢中なんだ」

大きな手が伸びてきた。イヴの頬に触れ、顎《あご》に触れ、そうしているうちに顔も近づいてくる。

イヴは静かに目を閉じた。ユリウスを受け入れることを示すためだ。

やがて、唇にかすかな感触を得る。――初めてのキスだった。

数秒の触れ合いを終え、余韻を感じながら目を開けると、すぐ近くに微笑むユリウスの顔があった。あまりに幸せそうな顔に、イヴの目には涙がこみ上げてくる。

「わたしは死んでいて、魔女で、このまま老いも腐りもしなくて……そんなわたしといるせいで、ユリウスは苦労することになるかもしれない。それでもいいの？」

「いいよ。問題ない。他人がどう思おうが関係ない。私はイヴといたいんだ」

——ああ、わたしがずっと、憧れていた言葉。それをあなたがくれるのね。

イヴの頬を涙が伝う。熱く、愛しくて、止まらない。

諦めきれるものではなかった。本当はずっと、喉から手が出るくらい、イヴはそれが欲しくてたまらなかったのだ。

涙を拭い両頬を手で包み込み、視線の高さを合わせたユリウスがイヴにニヤッと笑う。

「それによく考えてみてくれ。私は人間だが、変態で、狂っていて、正気じゃないんだよ？　魔女のあなたにお似合いだと思わない？」

ユリウスとの秘密で奇妙な同居生活も、いつか終わりが来るのだろう。ユリウスの興もそのうち冷め、誰かと結婚し、イヴは外へ放り出される。

仮に今の状態が続いたとしても、人間の一生は短く、美しい姿を保てる時間はもっと短い。イヴはユリウスの貴重な時間をこれ以上自分のために浪費してほしくなかったし、魔女である自分と一緒にいることで、ユリウスがいらぬ謗《そし》りを受けるかもしれないということが恐ろしかった。

ところが、ユリウスは問題ないという。それよりも、イヴへの想いが強いと訴える。

嬉しさと安心感で胸がいっぱいになってしまう。

最初はただただ困惑し聞き流していたはずなのに、ユリウスが捧げてくれた愛の言葉は着実にイヴの心にも影響を与えていたようだ。

「ユリウス……ありがとう」

魔女だけど、もう寂しい思いはしたくない。ユリウスと共に歩いてみたい——。

イヴは賭けたくなった。一縷《いちる》の望みだ。

ゴクリと唾を飲み込んで、ユリウスに問いかける。

「もしも、わたしが現実に生き返るとしたら……ユリウスはどうする？」

「改めて求婚する」

ユリウスはサラリと即答した。その表情に迷いはなく、聞くよりも早く決まっていた答えのように思えた。

さらに「死体のままでも結婚するけど」というフォローまで付け加えるユリウスは、いっそ清々《すがすが》しいほどだ。

「眠らなくてもイヴと会話できるなんて、幸せに決まってる。家族にも紹介しやすいし、一緒に食事したり、旅行にだって行ける。楽しみだよ」

「いいの？　ユリウスは変態なんでしょう？　そ、その……死体性愛者で、死んだ相手にしか魅力を感じないような……。だからわたしを連れ帰った。……違う？　生き返ったら死体じゃなくなってしまうのよ？」

　ユリウスが眉間に皺を寄せた。そしてうーん、と悩んで答える。

「確かに、あなたの死体に私は心を奪われた。だから死体性愛者と言われても否定のしようがないが、死体なら誰でもいいわけじゃない。あそこにいたのがイヴだったからこそ、私は魅了されたと思うんだ。だから、あえて言うなら私は、イヴの変態……？」

「な、なんだかわたしが変態だと言われているみたいだわ……」

　変態談義は置いておいて、これ以上イヴが思い悩む必要はなかった。ユリウスはイヴを愛し、イヴもまた、ユリウスの想いに報いたいと考えている。

　蘇生のために必要なあることも、ユリウスならきっと協力してくれるはずだ。

　イヴは覚悟し、ユリウスの手を取った。

「ユリウス。……わたしにキスをして」

　ささやかなおねだりをユリスウは笑顔で承諾した。しかしすぐに顔を近づけようとするので、イヴは首を振って拒んだ。

「違うの。そうじゃないの、ユリウス。現実の世界で眠っているわたしの唇に、キスをしてほしいの。……あなたになら、起こされたい」

イヴが目覚めるための儀式だ。

もちろん、ユリウスにはイヴの言葉の真意がわからないだろう。でも、それは「すぐには」というだけで、いずれ必ずわかるはず。

「イヴ？　起こされたいって、それはどういう意味——」

＊＊＊

ユリウスは寝台の上で目を覚ました。

時計の針は六時を指し示し、外も未だ薄暗い。

ズキズキと痛む脚を引きずって窓のそばに近寄ると、庭で作業するガーデナーが数人目に入った。

——朝だ。

久しぶりに寝台で眠った。十二時間以上一度も目覚めずに眠っていたなど、成人してから一度もなかったユリウスだが、日中の出来事に相当疲弊させられたのだろうと、彼は自嘲の笑みを浮かべる。

そして、イヴを一晩棺から出してあげられなかったことを申し訳なく思った。

「…………イヴ」

ふと、夢の記憶が蘇る。

イヴにプロポーズをした。イヴもそれに応えてくれた。それから。

――現実の世界で眠っているわたしの唇に、キスをしてほしい――

愕然として、棺のほうを振り向いた。だが、数秒固まったのち、頭を強く振る。

「……まさか」

死体に口づけをするなど、許されない。死者に対する冒瀆《ぼうとく》だ。

現実問題として、感染症などの危険があるため国全体で禁じられており、配偶者であってもそれは変わらない。もしもするなら額か頬と決まっている。

「イヴに嫌われる真似はしたくない」

嫌悪されることを恐れたユリウスは、夢で聞いた言葉を忘れることにした。イヴに触れたいという願望のあまり、そんな夢を見たのだろうと考えることにした。

脚の怪我はまだ痛んだ。負傷してから半日程度しか経過していないのだ、完治どころか痛みが引くわけもない。

気を失っている間に治療を受けたのだろう、患部には白い包帯が巻かれていた。だが、体中が汗だらけで、ベタついて非常に不快だった。何か行動を起こすにしても、まずシャワーを浴びたいし、朝食だってとっておきたい。

ユリウスはひとまずシモンを呼ぶため、呼び鈴を鳴らそうとした。

だが、呼び鈴に手を掛けた瞬間、もしイヴのあの言葉が、ユリウスの願望から発生したものではなかったとしたら、という思いに囚われてしまう。

振り返って視線が向かうのは、イヴの入った箱である。

予感も何も、ユリウスにはなかった。ただ、無意識にふらりと足が動いた。

続けて二歩、三歩と足が勝手に進んでいき、イヴの眠る箱の脇にユリウスはすとんと腰を下ろす。蓋を開け、箱の縁に手をかけながら箱の中のイヴの顔に己の顔を近づける。あとはもう吸い込まれるように、ユリウスはイヴにキスをした。

現実のイヴの唇は、驚くほど冷たかった。夢で口づけを交わした感覚が鮮明に残っていたせいで、余計に冷たく感じたのかもしれない。

しかし、ユリウスがいくら待っても、イヴは一向に目を開けない。

——やはり夢でのイヴの台詞は、私の願望が作り上げたものだったのかもしれない。つまりこのキスも、己の欲望に先導されたものにすぎないのかもしれない。……紳士以前に人として、私は、あるまじき行為をしてしまった……。

目覚めを迎えないイヴを見下ろし、ユリウスは己の行いを猛省した。

「ごめん、イヴ。また夢で会ってくれるだろうか……本当に、申し訳ない」


イヴへの弁解の前に、ユリウスにはせねばならないことがあった。

ユリウスは杖をついて左足をかばいつつ、自邸の西棟、祖父パーヴェルのところへと向かった。そして、祖父が朝食後いつも寛いでいる居室へと入る。

「おじいさま、おはようございます。昨日は心配をおかけしました」

ユリウスが王宮で大怪我を負ったことは、昨日のうちにシモンがパーヴェルに報告していた。ユリウスは祖父に気を揉ませてしまったことを詫びたが、孫の無事を確認してもなお、パーヴェルは辛そうな表情のままだ。

「ユリウス……本当に、なんと言ってよいか……すべて儂のせいだ。儂がなんとしてでも断っておくべきだった」

その表情は、幼い孫を心配している祖父そのもの。武器侯爵の名からは想像できぬほどで、今にも泣き出しそうだった。

杖をつくユリウスにパーヴェルはソファから立ち上がって近づくと、がっちりときつく抱きしめた。前回抱きしめられたのはひょっとすると幼少期のことだったかもしれない、などと懐《なつ》かしく思いながら、ユリウスは祖父の背中をポンポンと叩いた。

「違います。おじいさまのせいではありません。私の考えが足りなかっただけ。却って心が定まりました。もしもおじいさまがご自分にも非があると悔いていらっしゃるのなら、これから申し上げる私の決断を後押ししてください」

「決断……？」

ソファに対面するように座ってから、ユリウスは改めて口を開く。

「私は今、大公に脅されています。モーティシア嬢との縁談を受け入れなければ、おじいさまに危害を加えると」

「な……!?」

ユリウスの言葉に、パーヴェルは驚きを隠せない様子。パーヴェルにしてみれば、自分が孫を脅す道具にされるなど思ってもみなかったのだろう。

「向こうは大公で主《あるじ》、こちらは侯爵で家臣。大公ならば適当な罪をでっち上げ、アルスハイルに攻め入ってくることだって可能です」

額に手のひらをあてて長いため息を吐きながら、「確かに」とパーヴェルは俯く。

「ですが、私はもう決めました。私はモーティシア・チペラとの縁談を拒絶します」

ユリウスはあっけらかんと告げた。心を決めたことで思い悩む必要がなくなり、却って晴ればれとした気分だった。

　そんな孫を見て、パーヴェルは困惑していた。

「確かにお前は申し分のないできた男だ。機転は利くし人を導くのもうまい。儂の自慢の孫だ。モーティシア嬢のことは全面的に味方になるが……ユリウス、いったい何があったんだ？」

「人間としての尊厳を、私は大公父娘に傷つけられました。人を人とも思わないやり口で己の意に沿わせようとするなど、私には到底許せません。彼らの要請を拒んだら、私やおじいさま、果ては領民にも害が及ぶことは想像できます。ですが、そうであってもこればっかりは受け入れられない。これは戦いです。尊厳を守る、正当な戦いだ」

　ユリウスの言葉には迷いがなかった。いっそ声明《せいめい》のようだった。

　それを受けて、パーヴェルが突然笑い出した。

　体が大きなぶん声も大きく、わははははは！　という豪快な笑い声が、大きく開かれた口から溢れて部屋中に響いた。

　顎が外れるほど笑ったパーヴェルは、上機嫌なように見えた。

「わかったユリウス、皆まで言わんでもわかる。……ははは、さすが血筋だな！」

　パーヴェルは一人さんざん悦に入り腹を捩《よじ》って笑ったあと、緩んでいた顔をサッと引き締め「ひとつだけ確認をしたい」と問うた。

「セルゲイ大公は傲慢な男だ。縁談を断るならお前は間違いなく大公から恨まれ、爵位も領地も没収か、最悪命を奪われるかもしれん。……ユリウス、お前はそれでもいいんだな？」

決意を確かめるのはこれが最初で最後である、とでも言うように、パーヴェルは鋭い眼差しを孫に向けた。

「はい。受けて立ちます、すべて覚悟の上です」

ユリウスはブレなかった。パーヴェルは片方の口の端をいびつに吊り上げ、満足げに目を細める。

「……最近お前の雰囲気が変わったが、それは女のおかげか？」

ユリウスはイヴのことを祖父に打ち明けていなかったが、女性の影があるというのは紛れもない事実だったし、その存在を隠す気もなかった。

「雰囲気のことはわかりませんが、深愛している女性はいます。今の彼女を見たら、きっとおじいさまはいい顔をしないでしょうが、私はその女性と添い遂げると決めています」

ユリウスの想い人が魔女で死体——生き返るかもしれないが、イヴが明言しないので正確なところはわからない——だということは、いくらパーヴェルでも想定外のはず。

ユリウスが想い人を明かすことに慎重になっている一方で、何も知らないパーヴェルは楽しげに孫から聞き出そうとする。

「誰なんだ？　お前が言わんことには賛成も反対もできんぞ」

「いいえ、今は申し上げません。まだそのときではありませんから」

ユリウスの頑《かたく》なさを好ましげに受け止め、パーヴェルは深追いしなかった。

「正しい道を見極めることは難しく、その道を突き進むことはさらに難しい。……儂はお前の考えを支持する。お前を守り、殺させないと誓う。大切な家族だ、今度こそ守り抜いてみせる」

ユリウスは自分の考えを受け入れられ安堵したが、パーヴェルの台詞がやけに引っ掛かった。「今度こそ」などと、まるで過去に何かあったような言い方だったからだ。

「いい機会だ、儂からもお前に伝えねばならぬことがある」

パーヴェルは一度部屋から出て、使用人にしばらくの間誰もここに近寄らぬようにと厳命したのち、ユリウスの想像をはるかに超える告白を始めた。

「ユリウス、お前の両親は、大公に殺されている」

「…………は？」

ユリウスは祖父の告白に戸惑った。質《たち》の悪い冗談とさえ思った。

母アナスタシアはユリウスが幼い頃階段から転落して亡くなったと聞いていたし、父に至っては屋敷を訪れた行商人で、生死すら不明と聞かされている。

「お前の母は知っての通りアナスタシア・ハルヴァートで間違いないが、父は……故アルトゥール・ヴォーロス国王陛下。お前は、王の血を継ぐ正当な王位継承者だ」

「…………」

噓みたいな話に、ユリウスの頭は真っ白になった。

「この事実を知る者は、儂とセルゲイ・チペラ大公だけ。セルゲイはお前が王位継承者だと知るや否や殺そうとした。アナスタシアはお前を庇《かば》い、身代わりとなって……――っ」

当時を思い出したのだろうか、パーヴェルは言葉に詰まってしまった。目を潤ませ、唇を強く噛む。

「……二十六年前、陛下が暗殺される直前、アナスタシアの妊娠が発覚した。腹の子の父親は、陛下。アナスタシアだけでなく陛下ご自身もお認めになった。その旨が記された当時の書簡は、儂が厳重に保管している。何より……ユリウス」

パーヴェルはまっすぐユリウスを見た。

「お前のその髪の色、目の色は紛れもなく陛下の遺伝。顔かたちも、陛下にますます似てきている。今のお前は若い頃の陛下の生き写しだ」

ユリウスが知る国王は肖像画の中にしかいなかった。言われてみれば、同じ黒髪と緑の瞳の人物だったと思い出す。だがまさか、にわかには信じ難い。

パーヴェルは巨体を屈ませ床に膝をついた。顔を歪ませ頭を下げ、点々と床に涙の雫を垂らしていく。

「――陛下っ、御身をお守りしきれなかった失態、どうお詫びしたらよいか……っ！」

「おじいさま!?　やめてください！」

祖父の泣く姿など、母の葬式以来だった。ユリウスは慌ててパーヴェルのもとへ近寄った。体を起こそうとするものの、却ってパーヴェルに抱きつかれ、耳元で号泣されてしまう。ユリウスは途方に暮れながら、祖父の気が鎮まるのを待った。

――己の父が亡き国王であること。

――大公は己の両親を殺した憎むべき相手であること。

パーヴェルの泣き声を傍《かたわ》らに、ユリウスは頭を整理していた。

「すまん。……取り乱した」

号泣はそのうちすすり泣きに変わり、やがて終わった。パーヴェルは平静を取り戻したあと、目と鼻を真っ赤にしたままで所在なさげに孫に詫びた。

ハンカチで鼻をかみながらソファに戻り、改めて重い口を開く。

「断片的に告げたのでは、お前も混乱しただろう。……順序立てて話すとしようか」

パーヴェル曰《いわ》く、事の発端は、今から二十七年近く遡《さかのぼ》る。

当時の国王アルトゥール・ヴォーロスには、すでに王妃との間に二人の子がいた。子はどちらも女児。国王は男児を欲しがったが、王妃は新たに子を設けることを拒み、毎夜のごとく遊興《ゆうきょう》に耽《ふけ》った。

国王は堅実な考えの持ち主で、王妃の散財が看過《かんか》できずに口論が増え、二人の関係はますます冷え込んでいく。

そんな折、国王は、パーヴェルに連れられて舞踏会にやってきたアナスタシアと出会う。才女だったアナスタシアに国王は惚れ込み寵愛し、それから約半年後、アナスタシアは子を身ごもる。

国王はアナスタシアの妊娠を機に、父であるパーヴェルと密書を交わし、腹の子の父親が自分であるという告白と、彼女を側室に召し上げることの確約を書き留めた。

ところが、それを公にする直前、国王一家は何者かによって暗殺されてしまう。国王、王妃に加え、まだ幼かった王女二人も一夜にしてその命を散らした。

知らせを聞き、パーヴェルは深い悲しみに沈むとともに戦慄《せんりつ》した。アナスタシアの腹の子が王家の血を引くと知られたならば、子に危害が及ぶかもしれない、と。

そこで、まだ見ぬ孫を危険から守るため、パーヴェルは子の父親が誰なのかを隠すことにしたのである。

　その後まもなく国王一家暗殺の犯人が捕まった。しかし捕縛時にはすでに事切れており、殺害の証拠は国王の寝室に落ちていた布切れが犯人の服の一部だったことと、侍女の証言しかなかった。

　当然、パーヴェルは納得がいかなかった。犯人は盗賊ということだったが、内部に協力者がいなければ、国王暗殺どころか王宮に侵入することすら難しい。加えて、共犯者とされている魔女は行方不明。わからないことが多すぎたのだ。

　犯人を断定し、連れてきたのは当時大臣だったセルゲイ・チペラであった。国王の不在を埋めるために「大公」位を設ける案を出したのも、その後大公となったのもセルゲイ。

　パーヴェルはこの頃から、セルゲイが権力欲しさに暗殺を企てたのではないかと強く疑うようになった。

　そこで独自に調査を進めていたが、これといった証拠を摑む前にアナスタシアまで殺されてしまう。ユリウスの出生の秘密がどこかから漏れ、狙われてしまったのだ。

「アナスタシアは幼いお前を寝台の下に隠し、自ら囮《おとり》となった。夜中だった。物音に気づいて駆けつけたのでお前を助けることはできたが、アナスタシアは……。あのときほど無力を痛感した瞬間はない」

アナスタシア殺しの実行犯は捕らえたものの、事件を明らかにする前に独房の中で殺された。その死体を見つけたのは、大公の部下。パーヴェルの疑いは確信に変わった。

「証拠が不完全なままで大公の罪を騒ぎ立てても、あいつなら屁とも思わない。だから儂は従順なふりを装って潜ることにした」

貴族の中には執念深く大公を疑っていた者や、次期国王の選定を巡って騒ぐ者もいたが、左遷、投獄、時には行方不明で次々に姿を消していった。

パーヴェルはユリウスと領地を守るため、表立って大公に逆らうことをやめた。大公となったセルゲイの調査は今も密かに続けているが、国王暗殺の証拠も、娘アナスタシアを殺害した証拠も、まだ見つかっていない。

「……大公には罪があり、儂は憎んでいる。だが、大公の娘はこの件には関係ない。モーティシア嬢とお前が結婚したなら、お前はこの国の頂点に立てるだろう。お前が正当な王位継承者だと誰にも知られなくても、だ。お前が彼女を望むのなら、いくら礼を欠かれようが儂は口出しするまいと思っていたが――」

なぜ大公があそこまで執拗《しつよう》に縁談を迫るのか、ユリウスはようやく合点がいった。

大公は、ユリウスが持つ〝王家の血〟を欲しているのだ。

大公は所詮中継ぎであり、王族に成り代わることはできない。だが、大公の血と王族の血を混ぜてしまえば、子孫を王の座に就かせることができるのだ。たとえ大公が廃位となり、新しく王が君臨することになっても、己の血は国を支配し続けることになる。

モーティシアがそんな背景を知っているかは疑わしいが、少なくとも大公が野心を抱いていることは確実だろう。

「真実はすべてお前に託す。お前が大公を断じたいなら、そのための協力は惜しまない。ただ、三十年近く昔の話を蒸し返したところで、お前たちが生きるのは今この時。過去の真相は封印したまま、新しい未来を歩むのも手だ」

「わかりました。ですが……少し、時間をください」

国のためを考えるなら、大公を失脚させるべきだ。だが、セルゲイ・チペラを大公位から退《しりぞ》けることができても、次は誰が立つのかという問題が生じる。

順当なのはユリウスだろう。国王の血を引き、その証拠も祖父が持っている。

しかしその場合、イヴの存在を隠し通すことが今以上に難しくなる。世継ぎだって急かされるに違いない。

一番いい方法はどれか。何を選ぶべきか。

大公父娘を退《しりぞ》け、イヴを失わずにすむ最善の方法。ユリウスは思考を巡らせた。

パーヴェルの部屋を辞し、ユリウスは杖とシモンに助けてもらいながら商会本部へと赴いた。考えねばならないことが山のようにあるが、まずは日々の業務をこなす。

昨日は急遽《きゅうきょ》モーティシアの誕生会に出席したため、いくつかの予定が遅れていた。溜まった仕事をどうにか片付けてユリウスが帰路につけたのは、夜も更けた頃だった。

夕食を軽くすませてシモンも下がらせてから、ユリウスは自室へと向かった。その歩みが遅いのは、忙しくしすぎて傷の痛みが強まったことだけが理由ではない。

今朝、ユリウスは初めてイヴにキスをしてしまった。

イヴを連れ帰ってから三ヶ月、ユリウスが彼女に触れるのは箱から寝台への移動のときに限っていた。それなのに、己に都合のいいように夢を解釈しキスをするなど、常軌を逸していたというほかない。

イヴに合わせる顔がない、とユリウスは自室へ入ることを躊躇っていた。だが、すんでしまったことはもうどうしようもない。しばらく逡巡《しゅんじゅん》した結果、夢の中で誠心誠意謝るしかない、と決めて扉を開いた。

まず目に入ったのは、部屋の隅に安置している大きな箱。イヴの眠っている箱だ。

いくらも経たないうちに、ユリウスは愕然とした。箱の蓋が開いていたからだ。

脚の傷に体重がかかり鋭い痛みが走ったが、そんなことを気にしている余裕もなく、ユリウスは急いで駆け寄った。

ところが、箱の中を覗き込むまでもなく、空《から》っぽだということがわかる。念のために膝をついて覗き込んだが、どうしたってがらんどうなのは変わらない。

顔から血の気が引いていくユリウス。心臓がうるさく暴れ、指先が震え、怒りなのか悲しみなのか、溢れる感情にまともな思考すらままならない。

そんな中、背後から声がかかる。

「おかえりなさい」

小鳥のさえずりのように、高く透き通った声だった。ユリウスが振り向いた先の寝台には、美しい女性が腰掛けていた。

第三章　初めての蘇生

　ユリウスのキスを受け、イヴは息を吹き返していた。長きに渡り眠っていたから、体の動きもとても鈍《にぶ》い。だが、時間をかけて棺から這い出し、ユリウスが贈ってくれたドレスに着替えた。

　──わたしを見て、ユリウスはなんて思うかしら。

　──このドレス、自分では似合っていると思うのだけど……喜んでくれるかしら。

　寝台に腰掛けてユリウスの帰りを待ち、彼と初めて対面した。

「──イヴ？」

　イヴを起こした張本人のはずなのに、ユリウスは言葉を失うくらい驚愕していた。イヴの頭のてっぺんから足のつま先まで、幾度となく視線を往復させてマジマジと観察してくるのを見て、まるで幽霊扱いだわとイヴは心の中で失笑する。

「夢……だろうか」

「いいえユリウス、現実なの」

　ユリウスの出した答えに、結局イヴは苦笑した。疑うのも無理はないかもしれない、自分の説明が少なかったかもしれないと、ちょっとだけ彼に同情する。

「ユリウス、ありがとう。あなたがキスをしてくれたおかげで、わたしは生き返ることができたの」

「キス？　今朝の……、で、では、……夢は夢じゃなかった、ということか？」

「そうよ。夢だけど、夢じゃない。あれもわたしの能力のひとつ」

　イヴが魔女としての異能を使ったからこそできた芸当であって、眠っている人の頭に別の思念体が入り込むなど、通常ではあり得ない。

「言ったでしょう？　わたしは……、魔女なんだって」

　夢の中ではすでに打ち明けていたものの、再度口に出すことをイヴはかすかに躊躇った。だが、言わねばならないことだった。

「わたしは魔女として生きてきた。人間よりもはるかに長い年月を、老いもせず、この姿のまま……でも、ある事件に巻き込まれて殺されて……死に際にかけた蘇生の魔法を今日、あなたが発動させてくれた。それでわたしは生き返ったの」

イヴはひとつ、ユリウスに嘘を吐いた。これはイヴが己の身を守るため、必要な嘘だった。もちろんユリウスは気づかない。

「……蘇生の、魔法？」

「そう。私の持つ異能は、誰かの夢に入ることと、蘇生すること。蘇生魔法の発動条件は、キス。だからあなたに頼んだの」

ユリウスは未だ、棺のそばに膝をついていた。イヴはユリウスに近くに来てほしかった。だから手招きをしたのだが、ユリウスは腰を上げようとしない。

「……わたしのことが怖い？　不気味と思う？」

——魔女だから。生き返ったから。人間とは違うから。

イヴの頭の中に、消極的な考えが立ち込める。

——もしかしたらユリウスは、わたしが生き返ることを望んでいなかったのでは？　わたしを喜ばせるために嘘を吐いたのだとしたら。

「ちっ違う！　そんなこと、まさかっ！」

ユリウスは遅れて否定した。慌てる様が余計に白々しく、嘘で取り繕おうとするユリウスも、人間の言葉を性懲《しょうこ》りもなく信じてしまった自分のことも浅はかだとイヴは思った。

……正確には、思おうとした。

ユリウスの驚きに満ちた顔。最初は真っ青だったのに、次第に紅潮していった。

目は潤み、口元は緩み、胸元を押さえて荒くなる呼吸を必死に制御しようとしている。まるで、嬉しくてたまらないというように見える。

「イヴが生き返った……生き返ったんだ！　どうしよう、困った、……いや、困ってない。まさか本当に……ああ、信じられない……っ！」

ユリウスはイヴを恐れていなかった。ただただ驚き、目の前で起こっていることを受け入れるのに時間がかかっただけだったのだ。

ユリウスはすぐさま立ち上がり、イヴのそばに座った。目の前の奇跡が未だ信じられないのか、穴が空《あ》くほどイヴの顔に熱心な視線を注いでいる。

「ごめんなさい、ユリウス」

ユリウスの想いを一瞬でも疑ってしまったことを恥じて、イヴは詫び言を述べた。

「何を謝る必要がある？　それよりももっと、大切なことが――」

ユリウスがイヴの頬に触れた。そして呟く、「温かい」と。

「本当に生き返ったんだね、イヴ。祖父に結婚を認めさせるのも、これでずいぶん楽になった」

冗談っぽく戯《ふざ》けるユリウスに、イヴの心臓が高鳴っていく。久しぶりの生《せい》の鼓動は記憶にあるよりも強く、肉と皮膚を突き破ってしまうのではないかと危機感を覚えるほどだった。「結婚」と聞こえたときは特に、心臓どころか全身がドキッと揺れて死の再来かと肝を冷やした。

「あの言葉……本当だったの？」

「もちろん！　いつだって私は真剣だ。だから私と結婚して――」

ユリウスの言葉が突然途切れた。もしくは、イヴにだけ聞こえない。心臓の音がうるさすぎて、他の音の邪魔をするのだ。

「イヴ？　どうかした？」

イヴは気づけば息苦しさを感じていた。顔から血の気が引いていくようで、肩で必死に呼吸するが一向に解消される気配はない。ユリウスも異変を察知したものの、どうしていいかわからない様子だ。

「ごめんなさい、ユリウス。ちょっと、気分が……っ悪くて」

この状況をイヴだけが正確に把握していた。

イヴはキスによって生き返ったが、キスだけでは生気が足りないこと。もっとたくさんのエネルギーをもらわねば、蘇生が完了しないこと。

座っていることすらままならなくなったイヴは、ユリウスの肩にもたれかかる。

「……ユリウス、わたしを本当に愛してくれて、一緒にいたいと思ってくれるなら――」

話すだけでも辛かった。息継ぎのために言葉を切り、息を吸って続きを告げる。

「もう一度、わたしに命を分け与えて」

「……命？」

抜けるような白い肌、澄み渡る空色の瞳、珊瑚色の唇。頬はほんのりと色づき、仕草にも視線の動かし方にすら、そこはかとない色気を感じる。

夢の中で幾度となく逢瀬を繰り返していたというのに、現実に見るイヴの動いている姿は、改めてユリウスの胸を撃ち抜いた。

――美しい。まるで女神。この世の中に、イヴ以上に輝くものなど存在しない。

イヴに出会えた奇跡に、運命に、ユリウスは感謝せずにはいられなかった。だが、言葉を交わしていくらもしないうちに、イヴは異変を訴えた。

青い顔も細い息も、イヴがまた儚くなってしまう未来を予感させ、ユリウスの心はたちまち不安に襲われた。

「完全に生き返るには、キスだけでは足りないの。もっと強い命が必要なの」

イヴが欲する〝強い命〟。これがなんなのか、抽象的すぎてユリウスにはわからない。もしかしたら誰かの命と引き換えに、イヴは蘇生を果たすという意味かもしれない。だが、仮にそうだとしても、ユリウスは命を捧げてもいいと思えるほど、イヴのことを愛していた。ただ、イヴに二度と会えなくなってしまうことが心残りなだけで。

「強い命……イヴ、私はどうすればいい？」

「わたしを……抱いてほしい」

「……、だ……っ」

ユリウスが絶句したのは、拒みたかったからではない。気が動転し、舞い上がり、頭が真っ白――もしかしたら桃色――になったせいで言葉を発することを忘れていたのだ。

イヴの答えは簡潔で、それが余計にユリウスを惑わせた。

抱いてもいいのか、本当にいいのか。それがどうして蘇生に繋がるのか。

ユリウスはこれまで執拗なくらい、イヴに愛の言葉を囁いてきた。それに対しイヴは「ありがとう」と受け止めてはくれるものの、ユリウスのように愛の言葉で想いを返してくれることはなかった。

けれど「抱いてほしい」と乞うということはつまり、イヴはユリウスのことを少しでも愛しているということか――。

「……ごめんなさい。嫌ならいいの、聞かなかったことにして」

イヴの求めを自分なりに納得するため悶々と考えている間、ユリウスは図らずも黙していた。その無言《しじま》を、イヴは悪いほうへと誤解してしまったようだ。

「っ違う、嫌なわけじゃないんだ！」

未だ言葉は整わなかったが、ユリウスは正直な胸の内を打ち明ける。

「――……抱きたい。正直、今すぐあなたを自分のものにしてしまいたい。でも、イヴも同じ気持ちでないのなら……できない。あなたに無理強いはしたくない」

肉体だけでなく、心も。ユリウスは、イヴの心が欲しかったのだ。

「わたしは、ユリウスだから蘇生の方法を話したのよ。ユリウスじゃなかったら、こんなこと誰にも頼まない。……頼みたくない」

イヴがユリウスから顔を逸らした。青白い顔だが、その表情には恥ずかしさが滲んでいた。望んだままの言葉ではなかったが、イヴがユリウスに少なからず特別な感情を抱いていることは伝わった。

なぜ「愛している」と言ってくれないのか、ユリウスにはわからない。けれどもう、どうでもよかった。

「わかった。ありがとう……イヴ、愛してる」

——今はそれだけで十分だ。

ユリウスがイヴの顎に手をかけて、自分のほうへ振り向かせた。

その顔色はやはり優れず、呼吸も荒いままだったが、ユリウスはかまわずキスをした。

抱くことでイヴを苦しみから解放できるのであれば、そうしない理由はないからだ。

ユリウスの顔が近づいてきた。キスの予感にイヴは目を閉じ、そのすぐ後に柔らかでぬるいものを感じた。

魔女はふしだらで淫乱《いんらん》だと言われる。だが、それは魔女をよく思わない人間が勝手に作り上げた印象であり、ことイヴに関してはまったく当てはまらなかった。

長い歳月を生きてなお、イヴは処女のままだったし、キスすらまともにしたことがなかった。だからユリウスからのキスを受け、どう対処すればいいのかわからない。

ユリウスの唇が離れたとたん、イヴは溜めていた息を吐いた。なんとか息が続くうちでよかったけれど、次も保《も》つかはわからない。

「あの……ユリウス、キスのときの息継ぎって……どうしたらいいの？」

恥を忍んでイヴは尋ねた。せっかく生き返ったのに、ここで窒息死しては意味がない。

「イヴ？」

肩で息をするイヴを、ユリウスが怪訝《けげん》そうに見つめる。

打ち明けなくても問題ないなら流れに身を任せようと思っていたイヴだったが、ユリウスの様子を見るかぎり、白状するしか道がない。

「ごめんなさい、わたし……慣れていないの。……初めてで。キスも何もかも、したことがないから」

――期待外れだ、子どもっぽい、とユリウスは幻滅してしまうかしら。

ユリウスの反応が不安なイヴは、恐る恐る彼の様子を窺った。ユリウスは意表を衝かれたように驚いた様子で固まっていた。

「あ、あの……ユリウス？　わたし――」

どう弁解しようとも、告げた事実に変わりはない。それでも何か言わなければ、と口を動かそうとしたところに、ユリウスが言葉を挟んだ。

「いい。かまわない。むしろそのほうがいい。息は……止めなくていいから」

うわ言のように口走ると、何かに取り憑かれたように、イヴを寝台に押し倒した。

「……っあ」

初めてだと言ったのに、ユリウスの口づけはたちまち激しさを増した。唇を甘噛みし、舌と舌を絡ませて、イヴのすべてを余すところなく欲しているようだ。

重なり合った体は布越しなのに熱く火照り、あっという間に頭の芯が溶けていく。

ユリウスの手がイヴの体を撫でる。顔の輪郭、耳、首筋を通り、胸元のリボンを解いた。紐を弛ませずり下げて、白い肌を剝き出しにする。

「ユっ、ユリウ――」

早急な展開にイヴは戸惑った。だが、言葉はユリウスに呑まれてしまう。

「愛してる。イヴ、愛してる。ずっとこうしたかった」

温もりや、肌の湿度、ユリウスが纏っている体臭。これまで夢の中では感じられなかったものが、一気にイヴに襲いかかる。飽《あ》くほど聞いたはずの愛の言葉も、全身が受ける刺激によって心の奥のより深いところへ染み入ってくるような気がした。

衣類が脱がされていくのに従って、ユリウスの口づけも下へ下へと降りていく。彼は両手で乳房を包み込むように揉みしだきながら、乳輪を舌でゆるりとなぞった。

「ん、ぁあっ！」

期せずして声が上がってしまったことを、イヴは恥ずかしく思った。とっさに口元に手を当てるが、すでに声は出たあとだし、次から次に耐えがたい衝動が体を駆け巡るので、すぐに声になどかまっていられなくなった。

そのうち、太腿のあたりに異物を感じるようになる。ユリウスのポケットになぜ鈍器が？　と疑いかけて、すぐにその正体を悟った。

——硬く、熱く、大きなもの。これは、ユリウスの……。

手で確かめたわけではないので詳細はわからないが、書物にあったよりもやけに大きい。さらにはそれがまもなく己を穿《うが》つということを、イヴは頭でわかっていても信じられないままだった。

「はぅ、……んんっ、く」

イヴの乳房の先端も次第に硬くなり始め、ユリウスがちゅ、と口づけをして待ち構えていたように口内に取り込む。舌で転がし歯をかすめたりして戯《たわむ》れる。

そして、イヴがそこに意識を囚われている間に、ユリウスによって衣類をすべて取り払われてしまった。

隠すべきか、このまま堂々としているべきか。答えを出せないでいる隙に、ユリウスがイヴの膝に手をかけた。膝を曲げさせ開脚させて、あらわになったイヴの秘所にユリウスが顔を近づけていく。

「やっ……み、見ないで」

「どうして？」

「……恥ずかしい」

己ですらろくに見たこともないような場所である。たまらずイヴは隠そうとしたが、ユリウスは楽しそうにイヴの両手を取ってしまう。

「そんなこと思う必要はない。イヴはどこもかしこも綺麗だよ。ここだって――」

そう言うと、一番見られたくない場所にユリウスはいっそう顔を寄せ、舌でペロッと縦筋をなぞった。

「ひぁっ！」

止める間もなく体がびくつく。まるで電流が走ったかのような、大きな熱量を感じた。イヴは悲鳴に近い声を上げたのに、ユリウスはやめるどころか気遣うことすらしない。

「ユっ、ユリウ……やあっ！　なに？　なにをして……んああっ」

処女のイヴにも性知識はあるものの、女性器を舐めるなど知りもしなかった。

ユリウスの舌が敏感なところをくすぐるたび、えも言われぬ未知の衝動に腰が勝手にゆらゆらと揺れる。時折当たる生暖かい吐息、吸い付くときの高い音。じんわりとして、何かが奥から溢れてくるようだ。

声が抑えきれなかった。今まで出したことのない甘い声が鼻から抜けていく。ユリウスの口淫にイヴは完全に翻弄《ほんろう》されていた。

そのうち、体の奥に強く甘い刺激を受ける。

「ひっ、ユリ……っだめ」

腰に力が入ってしまう。ぴちゃぴちゃと響く水音に、急所を執拗に攻められている感覚。これが快楽なのだ、とイヴが理解したときにはすでに遅く、後戻りできないところまで押し上げられていた。

ぬるぬるで、ぐずぐずで、とても堪えきれない。やめてほしいはずなのに、もっとほしいと体が渇望してしまう。

イヴはユリウスに手を伸ばし、その黒髪に触れた。自分がどうにかなってしまいそうで、ユリウスに助けを求めようとした。ところが、ユリウスはイヴの手を取り指を絡ませ合っただけで、あとはひたすら水音を立てるのみ。

そのうちイヴは、ユリウスが何もしようとしないのは、自分をどこかへ導こうとしているからだと悟る。体の中で燻《くすぶ》っていたものがどんどん膨れて大きくなり、出口と解放を求め始めたのだ。

苦しかった呼吸はなおも変わらず苦しいまま。ただし、体調が悪いのではない。興奮しているせいだとわかる。

「ユリウス、いや……がまん、できない……っ」

イヴはなりふりかまっていられなくなっていた。両脚をはしたなく広げ、背を弓なりに反らして、口からは嬌声《きょうせい》が無意識に湧いて次から次へと溢れていく。

「いい。我慢なんてしなくていい。……イヴの好《い》いように」

「だめよユリウス、……ぁ……、わた、わたしは……っあ！　だめぇっ」

ユリウスが軽くクリトリスに歯を立てた。それが最後の後押しとなった。

「あ────っ!!」

とうとう、よくわからないままイヴは絶頂を経験した。

ユリウスの手をぎゅうっと握ったまま、体中の筋肉が硬直する。イヴの細い体では考えられないほどの強さ。そしてやがて弛緩《しかん》へ向かう。

イヴは状況がよく把握できていなかった。ヘトヘトで、これが性交なのかとも思った。だが、腑《ふ》に落ちないのが生殖器を繋げていないということ。

「イヴ、ごめん……でも、順序立てて体をほぐさなければ、辛いのはあなただから」

ふと、ごそごそ動くユリウスの姿が目に入る。さっきまで着ていた服を脱ぎ捨て、裸になって己の上に覆いかぶさるところだった。

──ほぐす？　順序立てて？　ではやはり、まだこれからということ？

ユリウスの瞳には情欲の炎が宿っていた。いつもより顔色はよく、どことなく上気し、イヴを見下ろし喉を鳴らしている。

「イヴ、あなたは……最高だ。神がかり的に美しい」

ここから先も未知の領域。恐怖は依然としてあったが、それよりも疲労が強くイヴはユリウスのなすがまま。

錠前と鍵が合致するのと同じように、ユリウスの体がピタリとイヴに密着する。と同時に、脚の付け根に当たるものに気づく。

「痛かったら言ってくれ。それに応じる理性が残っているかは……疑わしいけど」

イヴが小さく頷くとすぐさま、秘所にユリウスの先端が触れた。嫌悪感はない。未だ夢心地のような、現実味がないような――

「い、痛いっ、ユリウス、痛い！」

破瓜《はか》の痛みはイヴの想像以上だった。肉に鋭利な刃物でも突き立てられているかのような痛み。さっきまでとは打って変わって甘さもなく、色気もなく。

「ごめんイヴ。……止められない。ごめん。ごめん」

暴れようとするイヴの手を、ユリウスが優しく包み込んだ。宥《なだ》めるように首筋を甘噛みしながら、少しずつイヴを穿っていく。

ユリウスには止める気はないようだし、止めてしまってはイヴの蘇生も不完全になる。イヴは目をぎゅっと瞑り、唇を噛み締めて耐えるほかない。

傷口を抉《えぐ》られるような痛みだった。ただ、殺されたときほどは痛くない。破瓜の痛みで死んだ者はいないのだから、自分にだって耐えられるはず、とイヴは己を鼓舞してしのぐ。やがてユリウスが最奥《さいおう》に行き着いた。繋がった部分は痛みばかりで愉楽《ゆらく》の予感は一切ない。数百年守ってきた処女――機会がなかっただけとも言える――との決別にもの悲しさも感じたが、安堵の息を漏らすユリウスの幸せそうな顔を見たせいか、イヴに後悔は少しもなかった。

「イヴ……ずっと、夢見ていた。あなたと繋がることを」

「……ユリウス」

後悔どころか彼の幸福な気持ちが伝染したかのように、イヴ自身も泣きたくなるほどの感情の高まりを覚えた。無意識にユリウスの背中に手を回し、ひしと両手に力を入れる。

上半身も下半身も、ユリウスと密着している状態。これ以上ない近さ。誰にも許さなかった距離を、イヴはユリウスに与えた。あるいは、ユリウスがイヴに与えたのか。

お互いの心臓の音が、皮膚を通して伝わってくる。それが尋常ではなく心地よくて、ずっとこうして生まれたときの姿のまま、繋がっていたいとさえ思わせた。

「ごめんイヴ、まだまだ痛いかもしれない。……でも、すぐによくなるはずだから」

ユリウスは恐る恐る抽送を開始した。

イヴには初めての経験なので、痛みばかりで他のことはわからない。ユリウスのそれが太いのか細いのか、または長いのか短いのか。書物にあったよりは大きいようだが。

できたての傷口をむやみに弄《いじ》られているようで、イヴは痛くてかなわなかった。目を瞑り眉間に皺を寄せて、ユリウスの行為にひたすら耐える。

ところが何度も摩擦を繰り返していくうちに、不思議なことに痛みが少しずつ和らいでいっていることに気づく。

「……っ、ユリウス………ん、んっ」

一度貫通さえしてしまえばあとは慣れるだけなのか、イヴの体も驚くほどの早さで順応していく。

歯を食いしばらなくても痛みをいなせるようになり、体の中を異物が動いていく感覚、果ては、快感のかけらのようなものもイヴは感じ取れるようになっていった。

その頃にはユリウスも手加減することを忘れてしまったのか、汗ばむ体で一心不乱に腰を振っていた。

「ユリウス、……っ、…………、だめ、もう少し……ゆっくりっ」

「無理だ、ごめん。……っ我慢、できそうに、ない」

最初はイヴの痛みを気にかけた、とても優しい抽送だった。そのうちイヴが痛みに慣れ

てくるに従って、次第に動きが大胆になっていった。

大きな寝台が軋《きし》み、揺れる。イヴも腰だけでなく全身がユリウスによって揺さぶられる。乳房は上下し、乳首の先端がユリウスの胸に擦れてくすぐったい。

イヴが見上げると、ユリウスの緑の瞳と目が合った。そしてすぐにキスが降《ふ》る。ユリウスは息が上がって苦しそうだが、動きを止めて休憩する気配はない。

イヴはユリウスにしがみついた。ユリウスの黒髪が揺れ、汗が滴り、まともに会話することすらできない。

「っく……イヴ……愛して、る——っ！」

入り口が裂けそうなくらい深く、ユリウスが己の剛直をねじ込んだ。イヴの体の奥の奥へ届けたいのか、できるだけ深く繋がった位置で、ユリウスはついに吐精した。

イヴの中で肉棒がずくんと疼《うず》くたび、命の源が注がれるのを感じた。それと同時にイヴの四肢に生気が行き渡る感覚を得る。

指の動きが鮮明になり、視界が開け、頭がはっきりと澄んでいく。性交だけでなく蘇生も初めての経験だったけれど、イヴは蘇生の完了を感覚的に理解した。

やがて精を吐き尽くし、イヴの横にゴロンと転がるユリウス。彼の顔にも疲労の色は見えたが、どこかすっきりしているようにも思えた。

すぐに視線が交錯する。

なぜだか、ユリウスが以前よりもキラキラ輝いて見えた。空気感も、目が認識する色さえも、以前よりずっと鮮やかで美しく映っているような気がする。

まるで体が作り替えられたようだった。もっとも、それが生き返ったからか、処女喪失によるものなのかはイヴにはわからないけれど。

「ユリウス、足の怪我もあったのに……ありがとう。死の危険は脱したみたい。……わたし、生き返ったの」

交わした熱は未だ冷めやらず、髪は汗で濡れ、頬も上気したまま。でも、ユリウスの視線がイヴから外れることはない。

「……そんなに見つめないで。ちょっと居心地が悪いわ」

「イヴだって私を見ているくせに。それに、温かいあなたが息をして、話して、私に笑いかけてくれるんだ。目を離せるわけがないだろう？」

ユリウスが体を寄せ、イヴの額にキスを落とした。興奮状態が続いているのか、饒舌《じょうぜつ》なままユリウスは語り出す。

「私はこれまで、他人に深い愛情や執着を抱いたことがなかった。年頃になって、私に群がろうとする者が増えても同じ。男色でもなさそうだし、どうしたものかと悩んでいたんだ。そんな折、あなたと出会った。あのときの衝撃は……うまく言葉にできない。あんなに激しく誰かを欲したのは初めてだった。あなた以外は何もいらないとさえ思った」

情熱的な言葉の数々に、鎮まりつつあったイヴの心臓が再びざわつき始める。決まりが悪くて視線を外したら、その隙に再びキスがやってきた。

「イヴに入れ込んだのは、私が死体性愛者だったからじゃない。イヴが私の運命の相手だったからだ」

「……運命の、相手？」

思わず聞き返すくらいには、イヴにとって予期せぬ言葉だった。

「生死に関係なく、イヴそのものに私は惹かれているんだ。これは運命としか言いようがない。死んだイヴが私を死体性愛者にしたのだし、生き返ったイヴはきっと、私をいい夫にしてくれるはずだ」

イヴの目にはユリウスがいささか能天気に映っていた。明るい未来を信じて疑っていない様子で、イヴは己との温度差を感じる。

「夫だなんて……気が早いわ。嬉しいけれどわたしたち、どうなるかもわからないのに」

「問題ない。絶対に、何があろうと私があなたとの未来を切り開いてみせるよ。私はイヴとの出会いを運命だと信じている。あなたがいてこそ私があるんだ。何度だって言う、あなたから絶対に離れない。……あなたが私に飽きるまでは」

「――え？」

ユリウスの表情は変わらず晴れやかなまま。だから余計、言葉の不穏さが際立つ。

「イヴは魔女だと言ったね。魔女は不老不死だと聞いたことがあるけれど、あなたも？」

「……そうよ。不老不死に限りなく近い。寿命があるのかもよく知らない」

ユリウスは気味悪がったりしなかった。ただ静かに頷いた。

「イヴをどれだけ愛していようと私のほうが早く老いるし、私のほうが先に死ぬだろう。将来あなたを一人にしてしまう。せっかく私のことを受け入れてくれたのに、申し訳ないとは思う……」

言葉を詰まらせるユリウスを前に、イヴは愕然としていた。

二人の関係に悩んでいたのは己だけだと思い込んでいたが違った。もしかしたらユリウスのほうが、より苦悩していたのかもしれない。

ユリウスと出会って数ヶ月、イヴはこの関係がずっと続くような錯覚に陥っていた。でも、違うのだ。人間は魔女よりはるかに早く老いていくし、そのうち死んでいなくなってしまう。

「私が死ぬまで側にいろ、とは言わない。あなたが私に興味を失ったら、すぐにでも捨ててくれていい。でもそれまでは、あなたの隣にいることを、どうか許してほしい」

ユリウスにしては珍しく、やけに消極的な言葉。

ユリウスと出会う前、イヴは森の中で薬を売って暮らしていた。魔女を嫌う者も多い中、人間との関わりを捨てきれなかったのは、人助けがしたい、誰かを喜ばせたいからだとイヴは考えていた。

しかし、ユリウスの言葉を聞いているうちに、本当は一人で生きることが寂しくてたまらなかっただけだと気づく。もっともらしい理由を作り、イヴは己にそう思い込ませていただけなのだ。

——人の中にあっても、ユリウスは寂しいのよ。でも、それをわたしに押しつけられるほど高慢でもない。……優しくて、かわいそうな人。

共感か、もっと別のものか。溢れ出る想いに身を任せ、両手を伸ばして彼の体に抱きついた。あなたには私がついていると伝えたくて、汗ばんだ胸に顔を擦り付けた。

「……ばかね。飽きるわけないじゃない。……ユリウス、ありがとう。飽きないし、捨てないし、運命でもいい。ずっとあなたと一緒にいさせて」

——ユリウスから苦しみを消してあげたい。わたしは魔女だけど、わたしにできることがあるのなら、なんだって……。

「でもその前に、話しておきたいことがあるの。……わたしが死ぬ直前の話よ」

ユリウスのことをどれだけ大切に想おうとも、ひとつだけ、どうしても放っておけないことがあった。それは例の薬のことである。

蘇生したのだからイヴ一人で調べることもできた。しかし事件から長い歳月が経過していたし、ユリウスが力を貸してくれるなら、これほど頼りになることはないだろう。

だからこそ、ユリウスの協力を仰ぐため、イヴは打ち明けることにしたのだ。

「わたしは魔女として森に棲み、薬の調合を生業《なりわい》としていたわ」

まず、かつての自分がどのように生活していたのか。それから、殺されるきっかけとなる睡眠薬の話。薬を渡して数週間後、再訪してきた男たちに「あの薬はよく効いた」とよくわからぬまま口封じに殺され、近くの山に埋められてしまったことも。

「偶然、遺棄現場の近くに盗賊の寝ぐらがあったみたいで、目撃者がいたの。彼はわたしを金貨か何かだと勘違いして掘り起こしたけれど、結局死体で……それでわたしは売りとばされた。その売られた先が、ユリウスも知っている闇オークションというわけ」

イヴは売り物になる予定で、服を着替えさせられて棺に入っていた。しかしながらユリウスが見つけて連れ出すまで、一度もオークションにかけられたことはなかった。

その理由はずっと棺の中にいたイヴにもわからない。

「殺される直前に、私は自分に蘇生の魔法をかけたの。誰かがわたしにキスをしてくれればすぐにでも生き返れる手筈《てはず》だったのだけど、倉庫にはあまりに人が来ないし、キス以前に誰かの夢に入ることもできなくて……」

そもそも、夢に入り込むには対象者が眠っている必要がある。倉庫なんかで誰かが眠るわけもなく、仮にキスで生き返ったとしてもそれだけでは不完全。肉体を繋げて命を分けてもらわなければならないのだ。頼める相手も見つからず、ただいたずらに年月だけが過ぎていった。

「わたしが眠りについたのは、正確には二十六年と半年前。……ユリウス、年増でごめんね。わたし、あなたより相当長く生きているの」

不安な気持ちを隠すように、イヴはわざと笑ってみせた。

魔女と人は似た外見なのにも拘《かかわ》らず、ひとつひとつ突き合わせると異なる点が浮き彫りになる。一緒にいる時間が長くなればなるほど相違点は増えるだろうし、それを考えるとイヴは暗澹《あんたん》たる気持ちに沈んでしまいそうだった。

一方、ユリウスはポカンとしてから口を開けて呑気に笑った。イヴとはまるで対照的だ。

「どうして謝る？　長く生きているということは、人生経験が豊富だという意味だろう？　羨ましいかぎりだよ。イヴももっと堂々としていたらいいのに」

今度はイヴがポカンとする番だった。

年齢を重ねることを悪だと考えるのではなく、むしろ羨ましいとまで言ってのけるユリウスに、イヴはぽうっと見惚れてしまった。これから先、どんな問題が浮上しようとも、ユリウスとならば力を合わせて乗り越えていけそうな気すらした。

話が逸《そ》れかけていたところを、本筋に戻したのはユリウス。

「それで、あなたを殺した男は誰？　なぜイヴは殺された？」

「わからない。彼らの名前も理由も、わからないの」

「……手がかりは？　現場に行ったら何かわからないだろうか？」

「おそらく、無理よ」

ユリウスの知りたい気持ちはわかる。だが、イヴだって知りたいのだ。

「わたしを殺したあと、自分たちの名前もわたしを殺した理由も、犯人たちは一切漏らさなかったわ。ほぼ無言でわたしは処理された」

「処理……っ」

生々しく無機質な言葉に、ユリウスが息を呑む。続けて、手を伸ばしてイヴの金色の髪を撫でた。イヴを宥めようとしたのか、ユリウス自身が落ち着きたいがゆえの行為だったのかはわからない。

「辛かっただろう。もう二度とそんな目には遭《あ》わせない。あなたを殺した犯人も見つけよう。罪のない女性の命を勝手に奪ったにもかかわらず、今ものうのうと生きながらえているとしたら……虫酸《むしず》が走る。なんとしてでも贖《あがな》ってもらわなければ」

はた目にもわかるくらい、ユリウスは静かに怒っていた。けれどそれをイヴが止める。

「待ってユリウス。わたしは殺された者として、彼らに処罰感情がないとは言わないわ。でも、わたしはこうして生き返っているし、あまり怒りを感じてはいないの」

イヴとしてはユリウスが自分のために義憤に駆られていることは素直に嬉しいと感じるものの、だからといって仇《かたき》を取ってほしいとまでは考えていなかった。

ユリウスは驚愕の表情でイヴをまじまじと見た。腹を立てないイヴに対し、考えを改めるよう言い募りたいように感じる。

「ユリウスがわたしのために憤っているのはわかる。ありがたいことだとも心から思うわ。でも、いいの。それよりも、わたしはあなたに頼みたいことがあって……」

「頼みたいこと？」

ユリウスは聞き返した。

「わたしが渡した薬を、あの男たちが何に使ったか調べたいの。だから、手伝ってほしい。悪用されたのはわたしの薬。わたしにだって責任があるはずよ。いまさら何もできないかもしれないけれど……」

　怒りに任せて男たちを処罰するよりも、薬が何に使われたのか知りたい。そして被害者がいるのなら、少しでも力になりたい――。

　そんなイヴの気持ちに、ユリウスはすぐ理解を示してくれた。

「わかった。絶対にその犯人を見つけよう」

　強張った表情から一転、ユリウスが愛情のこもった眼差しでイヴを見つめた。

「イヴは優しい。優しすぎて臆病なくらいだが、でも、強い。尊敬するよ」

　一瞬、イヴは何を言われたのかわからなかった。話が変わったのかと思った。しかしすぐに自分のことだと悟り、望外の評価にイヴは頬を赤く染めた。

「買い被りすぎよ。わたしは強くないし、優しくもない。……ただ臆病なだけ」

　横になり、腕に頭を預けながら、ユリウスがゆるゆると微笑む。

「そんなことない。頑固だし、私のことを『変態』だと断ずるし、可愛い。声もいい。惚れた者の欲目だとしても、イヴが魅力的すぎて死にそうだ」

「だめよ、ユリスウは一度死んだら生き返れないのよ!?　わたしは――」

　ユリウスは顔をくしゃっと潰し、どさくさに紛れてイヴに覆いかぶさって、猫のようにじゃれて笑う。

「冗談が通じないところも最高。愛してる、イヴ」

「冗だ……もうっ！」

からかわれているような気がして、イヴはユリウスの肩をぴしゃりと叩いた。実際のところ、そんなに悪い気はしなかったけれど。

「とにかく、イヴのためなら、私は協力を惜しまないから」

イヴの体を組み伏せながら、ユリウスは改めて言った。それからキスをひとつ落とし、自信あり気に再び微笑んだ。

「――わかった。ありがとう。……ユリウス、ありがとう」

まだ何も解決していないはずなのに、イヴは少し心が軽くなった気がしていた。ユリウスが隣にいてくれたなら、きっといい方向に進むはず。イヴはそんな予感すらあった。

第四章　過去が繋がるとき

イヴは無事蘇生を果たしたものの、体が凝り固まっていたせいで自由に動くには少しの時間と訓練が必要だった。三十年近く生命活動を止めていたのだ、無理もない。

イヴはすぐにでも件《くだん》の男たちを探したそうにしていたが、歩くことすらおぼつかない。

蘇生を機に、ユリウスはイヴをシモンたち屋敷の者にも紹介した。真実をそのまま伝えるわけにはいかなかったので、イヴは身寄りのないとある没落貴族の娘で大病を患《わずら》っていたせいで体が少し不自由なのでハルヴァート家で療養も兼ねて一緒に暮らすことにしたという嘘の事情も付け加えた。

使用人たちにしてみれば、異性に見向きもしなかった主人がある日突然女性を連れ帰ったのだから、驚かずにはいられなかっただろう。

彼らの態度は最初こそぎこちなかったものの、イヴの控えめで人当たりのいい性格に好感を持ち、何より長年独り身だったユリウスにようやく恋人ができたことを、古株の使用人ほど諸手《もろて》を挙《あ》げて喜んだ。

ユリウスが帰ってくる時間帯は、イヴが目覚めても早まることはなかった。日々の仕事や諸々のかたわらで、イヴを殺した男について密かに調査をしていたからだ。

イヴは一人食事をとり、メイドの介助を受け入浴もすませて、ユリウスの帰りを待つのが日課となっていた。

「おかえりなさい、ユリウス」

「ただいま、イヴ！　……ああ、なんて幸せなんだろう、あなたが私の帰りを迎えてくれるなんて。その笑顔も最高、いっそ額に入れて飾りたい」

ユリウスはいつも帰るとすぐ、うっとりとしてイヴを見つめた。まるで恋に落ちた瞬間のように、ときめく抱擁《ほうよう》とキスをイヴに惜しげもなく与えた。

ユリウスの本心でもある大袈裟な台詞に、イヴがクスッと笑いを漏らす。

「今日に始まったことじゃないわ。もう一週間よ」

「もう一週間？　まだ一週間だ」

ユリウスはイヴに笑って躱《かわ》されたことが不服だった。唇を尖《とが》らせ反論してから、再びイヴに口づけを落とした。

　そして一連の愛情確認作業が終わってから、ようやく定例報告となる。

「今日はまた、闇オークションの主催者の接見に行ってきた」

「何かわかった？」

　聞いておきながら、イヴの表情に期待の色は窺えない。めぼしい成果が得られなかったことを、彼女も悟っているのだろう。為す術もなく、ユリウスは力なく首を振る。

「あなたを盗賊から買った当時の主催者は、あなたを買ってまもなく心臓発作で死んだようだ。それから主催者は二度替わっているし、帳簿もさすがに三十年近く前のものとなると、残念ながら残っていないだろう。現にいま勾留されている主催者は、あなたのこともあの箱の存在も一切知らないみたいだった」

「そう……ごめんなさい」

　イヴは俯き、泣きそうな表情になった。

　殺される前にもっと足掻《あが》いて相手の情報を引き出せていれば。そもそも薬など渡さなければ。

　イヴが呟くのは、たらればの話でユリウスにはどうしてあげることもできない。

　ユリウスはイヴの頬に両手を当て、上を向かせて視線を合わせた。イヴの気持ちがこれ以上沈まぬよう、いつも通りに微笑んでみせる。

「イヴが気にすることじゃない。犯人の背格好もわかっているんだから、そこから調べることだってできるだろう？」

諦めるな、希望を持て。イヴにも希望を捨てないでほしかった。

「ありがとう……でも、わたしが覚えているのは三十年も昔の背格好なのよ？　今頃はきっとヨボヨボのおじいちゃんだし、もうこの世にいないかもしれない」

イヴの言いたいこともよくわかった。しかしユリウスは、それを呑み込むわけにはいかない。イヴを蘇生させたとき、犯人を見つけると約束したし、何よりユリウスが最愛のイヴを殺《あや》めた者を明らかにしたくてならないからだ。

「すぐに臆病になるのは、イヴの悪い癖《くせ》だ。きっと見つけるから。問題ないよ、睡眠薬に関連した過去の事件を調べるように憲兵隊の上層部に話をつけてきたところだし、類似の事件から犯人を導くことだってきっとできるはずだ。だからそう気を落とさないで」

どれだけ疲れていようとも、ユリウスはイヴを邪険に扱ったりしなかった。愛情を伝えるだけでなく、励ましの言葉も労力も惜しみなくイヴに注いだ。

「……そうね。ありがとうユリウス、ごめんなさい。わたしはいつも、あなたに支えてもらってばかりだわ。わたしも何か、あなたにできることがあればいいのだけど……」

「その気持ちだけで十分だよ。私はただ、イヴの役に立ちたいだけなんだ」

ユリウスにしてみれば、イヴにもっと頼ってほしいし甘えてほしい。むしろ、自分にどっぷり依存するように仕向けたいほどだ。

今のユリウスにとっての最重要課題は、イヴを殺した犯人を見つけること。

――もしも見つけたら、イヴはどれだけ喜んでくれるだろうか。どんな言葉で労ってくれるだろうか。そして、犯人をどう料理してやろうか。大切な女性の仇なのだ、ひと思いに殺したりしない。老人だろうが死んでいようが、容赦などするものか。

抱き寄せたイヴの体から、甘い香りがふわりと漂う。鼻の奥に残るような、特徴的な花の香りだ。

「今日はもう入浴をすませた？　いい香りがする」

「ええ。今日はカモミールをバスタブに浮かべてもらったの。血行がよくなって冷え性が改善されるから、冬にはぴったりなのよ」

生前のイヴは薬を調合して売っていたというが、その知識は今も健在。温室で育てていたハーブのひとつを、使用人に分けてもらったそうだ。

「そうか。一緒に入りたかったな」

最近のユリウスは特に多忙で、湯にじっくり浸かることすらままならない状況が続いているせいか、そんな軽口を言ってイヴを困らせる。

「ユリウスったら……ん、……っ……」

クスクス笑うイヴに、ユリウスはまるで吸い寄せられるように口づける。唇を食《は》んで舌を差し込んでしまえば、イヴはもう官能的な声を漏らすしかできなくなる。

「イヴが生き返ってから今日でちょうど一週間だ。あなたがどのくらい動けるようになったか、試してみてもいいかな？」

ユリウスの言葉の意図を察して、イヴは頬を赤らめ目をキョロキョロと動かした。

「でっでも、毎日試してるじゃない」

イヴに回した腕に力を入れ、ユリウスはぎゅっと体を密着させた。上半身だけでなく下半身も隙間がないほどぴったりくっついていたから、ユリウスのそこが次第に硬くなっていく様に気づき、イヴは頬を赤らめた。

恥ずかしくて離れようとユリウスの胸を両手で押すが、イヴの力は弱々しすぎてまったく意味がなかった。むしろその仕草がユリウスをより煽る。

「毎日？　そうだけど、それが何か？　どう言われたって止まらない、イヴのことが欲しいんだ。だから……今日も一日働いてきた勤勉な夫に、ご褒美を与えてくれないか？」

「……っ、夫じゃないわ。……まだ」

ユリウスに耳たぶを甘噛みされ、呼吸がひとつ飛んだ。ユリウスは手を腰からそろそろと尻に移動させ、イヴの同意を得るよりも早くスカートを淫らにたくし上げた。

「いいや、もう夫だよ。あなたを誰にも渡さないのだから」

「簡単に言わないで。ユリウスが夫なら、わたしはいずれ侯爵夫人になるのよ？　あなたと一緒にいるためだからと納得も覚悟もしたけれど、わたしがどれだけ悩んだか――」

「何度も言うが、あなたなら絶対に問題なくこなせるし、きっとみんなも喜んで受け入れる。……将来の杞憂に振り回されていないで、今は私に振り回されていてくれない？」

淡い色の髪と、真っ白できめ細やかな肌、そして儚げな顔立ちから、イヴはとても華奢に見える。だが、生まれたままの姿になると、別人かと思うほどとても見事に熟れていた。

胸はリンゴより大きいのに、垂れもせず形よく胸骨の上に実っている。腰は細く、肉も少なめで、鳩尾《みぞおち》から臍《へそ》に続く筋肉の縦線が美しい。そして、その下にある臀部は大きく、後ろから見ると綺麗な逆ハート型。雄の劣情を煽る完璧なフォルムだ。

ユリウスは一度交合しただけで、身も心もすっかりイヴの虜となっていた。

イヴが生き返って一週間、ユリウスは一日も休むことなく彼女と体を重ねていた。衣服を脱がせる回数もそれに比例していたが、それでもイヴの豊満な肉体を目にするたび、ユリウスは情欲と充実感に身も心も包まれた。

寝台の上にイヴを寝転がし、ナイトドレスと下着を剝ぎ取る。ユリウス自身もすばやく裸になり、上掛けとともに彼女の肢体に覆いかぶさった。

寒い夜は、肌と肌で触れ合うに限る。すべすべのイヴの肌に己の肌を重ね充てがい、その滑らかさを堪能する。

すでにユリウスの中心は痛いくらいに屹立していた。いきなり挿入することはないが、欲求にはとうの昔に火が点いてしまっているので、イヴに救いを求めるようについ無意識に擦りつけてしまう。

「イヴ……愛してる……っ、今日のあなたも、とても──」

濃厚なキスを繰り返しながら、イヴの体を休むことなく愛撫した。二の腕の内側の皮膚の柔らかさを味わい、乳房の弾力に惚れ惚れし、乳頭の硬さを指先に感じてイヴもまた興奮していることを悟る。

「…………ぁ」

ユリウスの手がイヴの秘所に触れたとき、か細くも甘い歓喜の声が上がった。すでにそこはヌルヌルと潤い、ユリウスが気づくのを今か今かと待ちかまえていたようにも思えた。

指に蜜をまぶしてから、媚肉をかき分け奥を目指す。

「イヴ……気持ちいい？」

両手をユリウスの首に回し、眉間に皺を寄せたイヴはろくに返事もできぬまま、うんうんと何度も頷いた。荒い呼吸を繰り返し、時折声にならないものを溢れさせるばかりで、まともな言葉が紡げないでいる。

「……ユリ…………ウ、……っ」

「どうした？　もしかして、指一本では物足りない？」

彼女の返答を待たず、ユリウスは指を二本に増やした。

「はぅ……ん、……く」

愛液がますます溢れていく。増やした指でいくら掻き出そうとも、無尽蔵に湧いてくるのであたり一帯がビショビショだった。

泉のような蜜壺に、指だけでなくもっと感じる部位を充てがいたいという欲望が、次第にユリウスの中で膨張してくる。その欲望は巨大でいつも切羽詰まっていて、もうすぐ得られるであろう快感を想像しただけで、ユリウスの息は荒くなった。

ユリウスは一旦イヴから体を離し、補助をしながら彼女の体をうつ伏せに寝かせた。それから細腰に手を当てて持ち上げ、寝台の上に膝をつかせる。

「ユ、ユリウス？」

「これも回復への一歩だ。もし苦しかったら言ってくれ。ただ……止められるかは」

最後まで言い切る余裕はなかった。後ろからのイヴの眺めがあまりにも蠱惑的すぎて、理性が途切れてしまったのだ。

「ユリ――っあ、あ、……ああっ！」

中心を見極め、己の先端でつついた。それからはもう制御が利かず、誘い込まれるようにイヴの中にユリウスの陰茎は沈んでいった。腰から急カーブを描き尻に繋がる輪郭も、我慢ができない子どものようにヨダレを垂らす濡れそぼった秘所も、どこもかしこもユリウスを誘惑していたから、仕方のないことだった。

グ、と奥に押し込むと、向かい合って抱き合うように交わったときよりも深く繋がっていることがわかる。

「イヴ……動く」

許可を求めるのではない。宣言だ。本能の欲求に抗えないからだ。

腰を引くと、イヴの卑猥な唇から己の肉棒がズルズルと出て行くところが見えた。さっきまでは先端こそ先走り汁で濡れていたものの、胴部分はきれいなままだったはずだ。

しかしイヴのそこから現れた自身は愛液でヌラヌラとテカっており、とても欲深くおぞましいものへと変貌を遂げていた。

清らかなイヴとの対比で、ユリウスの胸はいっそう踊る。

そしてまた押し込むと、彼女の口は貪欲に飲み込み、元どおりピッタリと収まる。もはや繋がった状態が常なのか、分かたれた状態が常なのか、本能に支配されているユリウスには答えを導き出すことができない。

それからはもう、愉楽に取り憑かれ腰を振った。

肉と肉のぶつかる音が響き、荒い息遣いの中に、時折イヴのかすかな嬌声が混じる。冬だというのに室内には熱気が立ち込め、彼女の白い背中にはいくつもの汗の粒が落ち、シーツの上は垂れた愛液がたくさんのシミを作っていた。

「――ッリウス、だめ、……来ちゃうっ」

「一緒に、イこう……っ」

「あっ、……ぅ、あ……あっ！　だめ、ほんとう、に――」

ユリウスの陰茎は破裂しそうなほど怒張していたので、イヴには苦しかったかもしれない。だが、ユリウスはさらに抽送の速度を上げ、彼女の媚肉をとことんいたぶった。

ただでさえきつい締め付けがより強くなっていき、イヴは背中をしならせ絶頂を迎えた。同時にユリウスも耐えていた欲望を解放し、イヴの体内に吐精した。

お互いの性器が何度も脈動し、そして収束に向かう。

少しずつ冷静になっていく頭で、ユリウスはぼんやりと考えていた。

避妊のことだ。イヴと行為をする際、ユリウスは一切避妊をしなかった。イヴが言い出さないことも理由のひとつだったが、それ以前にユリウスは、イヴに己の子を孕《はら》んでほしかった。

愛を確かめ合い、体も重ね、恋人か夫婦のような暮らしを始めた二人。

ユリウスは幸せを噛みしめる一方で、イヴがそのうち去ってしまうのではないかと、一人怯えていた。

イヴとユリウス、魔女と人間では寿命が違う。

だからイヴにはこの先自分に飽きたときは容赦なく捨てていいと大きな口を叩いていた。もちろん、本意であるはずがない。

子を駆け引きの道具にするのは非道だが、イヴを己に縛り付ける他の方法がユリウスには思いつかなかった。それに、もしも子ができたら当然骨の髄《ずい》まで愛し尽くすし、命を懸けてでも守る覚悟でいた。だから許してほしいと、ユリウスは己の罪について心の中で許しを乞うていた。

「イヴ、大丈夫だった？」

寝台に横たわり、呼吸が整うのをぼんやり待っていると、隣にいるユリウスがイヴの背中に声をかけた。

本格的な同棲生活を始めて一週間が過ぎようとも、イヴは事後の雰囲気になかなか慣れることができず、ユリウスの顔も恥ずかしくてまともに見られないほどだった。だからコクンと頷くだけで、言葉での返答はしなかった。

「これからは、日中ももっと動くようにしてみようか。私もなんとか時間を作るから、もっと積極的に一緒に外出してみよう」

「……外へ？」

ユリウスからの意外な提案に恥じらっていたことを忘れ、イヴはうっかり振り向いた。

「そうだ。あなたの行きたいところへ連れて行くよ。芝居を観に行ってもいいし、オペラもいいだろう。以前夢の中で話していたクラミス料理の名店を訪ねてもいいかもしれない。近場がいいのなら、こっちの庭園を一緒に歩くだけでも」

「……でも、ユリウスは忙しいでしょう？　これ以上あなたの手間を――」

イヴは一瞬浮つきかけたが、すぐに心を落ち着かせ、断ることにした。しかしユリウスはそうさせない。

「いいから。私はあなたを楽しませたいだけなんだ。私を気遣いたいのなら、素直に『うん』と言ってくれ」

ユリウスはいついかなる時も、手を尽くして愛を伝えようとしてくれている。

その愛にイヴも最初は恐怖すら抱いたが、どれもこれもすべて、ユリウスの愛が大きいがゆえ。勇気を出していざ受けとってみれば最後、天国にいるような幸福感に支配されてしまう。

ユリウスの妻になる。つまり、将来的には侯爵夫人となるということ。魔女であり、貴族の暮らしにも社交についても大した知識のないイヴには、身に余る大役だ。

にもかかわらず受け入れようと思えたのは、隣にいるのがユリウスだからだ。

魔女と人間、周囲はきっとよく思わない。それでも一歩踏み出したいとイヴに感じさせる熱意。ユリウスにはそれがあった。

ユリウスならば、拗《こじ》れてしまった魔女と人間の仲を、元に戻すことすらできるのではないか。そんな期待すらイヴに抱かせた。

最終的にイヴはデートを承諾し、その日以来、アルスハイル領内で二人が連れ立って外出しているのが目撃されるようになる。

ユリウスは次期侯爵としてすでに顔が知られていたため、ユリウスの情熱的な眼差しを一身に受ける女性は誰かと密かに噂になっていた。そして、その噂がユリウスの祖父パーヴェルの耳に届くのに、そう時間はかからなかった。

＊＊＊

目の前の扉はすでに開いている。ユリウスが開けてくれたのだ。

先に入ったユリウスが、部屋の中から「さあ」とイヴの入室を促す。イヴはゴクリと唾を飲み込み、覚悟を決めた。

「失礼いたします」

二人はパーヴェルから呼び出しを受けていた。イヴがユリウスと一緒に外出するようになったことで、その噂を耳にしたパーヴェルから「いい加減に紹介しろ」とのお達しを受けたのだ。

モーティシアとの一件は、あの日以来目立った動きは見られない。ユリウスのほうから「少し時間をくれ」と書簡を送ったと報告を受けていたが、具体的なやりとりまでは知らない。

ただ、ユリウスが嘘を吐いているとは思えなかったし、あまり深く追及して彼の心を抉ることになってもいけないと、イヴは静観すると決めていた。

イヴが息を吹き返してから二十日。イヴの体は目覚めた当初、錆《さ》びたブリキのようにぎこちない動きしかできなかったが、今ではすっかり腕も足も滑らかに動くようになっていた。

「お初にお目にかかります。イヴ・シェルシャクと申します」

イヴは空色の瞳を伏せ、スカートの裾をつまんで挨拶をした。

パーヴェルは、ユリウスと血が繋がっているとは思えぬほど大柄だった。八十が近いと聞いていたのに、服の上からでもわかるほどの三角筋と大胸筋の力強い盛り上がり。おまけに、白い髭は豪快に口を取り囲み、眼差しも鋭く縮み上がりそうなほどの迫力がある。

どこかで見たことがある気もしたが、こんな怖い風貌の大男、出会っていたら忘れないだろう。

しかしパーヴェルは言葉を一切返さない。

「……おじいさま、先月中旬よりイヴを屋敷に住まわせていたこと、私からの直接の報告が遅れ申し訳ございません。イヴには持病があったため、我が邸で過ごしたほうが早く回復するだろうと、私が強引に招いたのです。そのおかげか、療養のかいもあって今ではすっかり――」

間が持たなくてユリウスが助け船を出してくれたのだが、その声も細くなり、途切れた。

というのも、パーヴェルの様子がおかしいことを察知したからだ。

驚愕に目を丸くしたまま、パーヴェルは固まっていた。イヴとユリウスは困惑に顔を見合わせる。

「おじいさま……いったい――」

ところが、ただただ驚いているようにしか見えなかったその顔に、ゆっくりと怒りが現れ始める。

「……ユリウス、その魔女から離れろ」

パーヴェルの声は地響きに似て恐ろしいほどの威圧感があった。だが、イヴが一番驚いたのは、パーヴェルの口から「魔女」という単語が出たことだった。

「おじいさま、イヴは――」

ユリウスも驚き、弁明か、あるいは誤魔化そうとした。だがパーヴェルは止まらない。ソファから立ち上がり、腰に佩《は》いた剣に手をかけ、躊躇いもなく鞘《さや》から抜いた。あっという間に間合いを詰め、剣の切っ先をイヴの顔前へと向ける。

「儂の孫をどうする気だ、この魔女が!!　アルトゥール陛下と同じようにユリウスのことも殺す気か!?」

イヴは再び耳を疑った。アルトゥール陛下、ユリウス。なぜそうなるのか、どこが繋がっているのか、イヴにはまったくわからない。

　そしてここで、先ほどパーヴェルに既視感《きしかん》を覚えたことを思い出す。イヴは記憶を辿り、ついに答えを見つける。

「……もしかしてあなた、パーシャ？　皺もお髭も雰囲気も違う。だからすぐには気がつけなかったけれど……パーシャだわ、間違いない」

　ずっと昔、薬を求めてやってきたイヴの客の一人。それが目の前の彼だった。もっとも、当時彼はイヴに「パーヴェル」ではなく「パーシャ」と名乗っていたけれど。

　目の前の老人が知り合いだとわかって、イヴはつい気を緩ませた。懐かしさもあり、再会の喜びもあって、つい親しげな口調になってしまう。

「パーシャ……パーヴェル。あなたのことは覚えているわ。奥さまの名はダリヤ、娘さんの名はアナスタシアだったわね。武器侯爵があなただなんて知らなかったけれど……では、ユリウスがあのときの――」

「黙れっ、儂の家族の名を汚すな！」

　かつて知っていたことと知らなかったこと。イヴは思い出話に花を咲かせたかったが、パーヴェルがそれを許さなかった。そもそも、友好的なイヴとは違い、パーヴェルはずっと眉をつり上げ敵意を剝き出しにしている。

「貴様が陛下の暗殺に加担したことは、すでに調べがついている。今までどこにどうやって潜んでいたのか知らんが、もう逃がさん、必ず地獄に落としてやる」

事実無根の言いがかりに、イヴは頭がクラクラした。

パーヴェルがイヴを国王暗殺の犯人だと思っているのなら、この態度にも納得がいく。だとしても、事実に反するその話を、イヴが認めるわけにはいかなかった。そもそもイヴは国王の崩御に伴い〝大公〟位が設けられたとユリウスから聞いていたが、その死の理由が暗殺だったことを今初めて知ったのだ。

「わたしはそんなことしていないわ！　それにわたしは三十年近く眠っていたのだから、物理的に不可能よ」

蘇生についてパーヴェルに話すつもりはなかったが、この状況ではそうも言っていられない。イヴの言い分を認めようとしないパーヴェルは、ばかにするように鼻で笑う。

「眠っていた⁉　ハッ、何を馬鹿げたことを！　この期に及んでとぼける気か！」

依然として、イヴはパーヴェルに剣を突きつけられていた。最悪、刺されて死んでも生き返れるが、痛覚がないわけではない。できることならこの場を穏便にすませ、あわせて誤解も解きたかった。

「正確には、わたしは『ずっと死んでいた』の。先月ユリウスに生き返らせてもらったのよ。信じられないなら、わたしを殺してみたらいいわ。わたしの意思なんて関係なく、協力者がいれば何度だって蘇ることができるのよ」

イヴはかつて、ユリウスに嘘を吐いていた。

ユリウスには、「殺される前に蘇生の魔法をかけていたから、生き返ることができた」と告げていた。しかし実際には、イヴが生き返るには蘇生の魔法など必要なかった。キスと交わりさえ満たせば——同意の有無は関係なく——、イヴが死にたいと思っていても何度だって蘇ってしまうのだ。

だが、イヴはパーヴェルに己の潔白を認めてもらうことに必死で、口を滑らせたことに気づかない。

「さすがは魔女だな！　孫どころか儂も騙そうとするのなら、貴様の望みどおり殺——」

「おじいさま！」

イヴを罪人だと決めてかかるパーヴェルと、なんとかしてわかり合いたいイヴ。二人の口論は平行線で、ますます白熱していくばかり。

ユリウスは、これ以上見ていられないと二人の間に入っていった。

「やめてください、イヴは国王陛下を殺していないと言っているんです！　イヴは私の愛する人です。彼女を傷つけるのなら、たとえおじいさまでも許さない」

「……だが、ユリウス、これは——」

「それに、妙です。国王暗殺の実行犯は、捕らえられたときに殺されたはず。魔女が関与していたという話は、少なくとも私は聞いたことがありません」

ユリウスはイヴを背後に隠し、パーヴェルの剣の前にその身を晒した。

「魔女の関与を知っているのは一部の関係者だけだ。実行犯は魔女ではないが、この魔女が作った睡眠薬のせいで陛下は為す術もなく殺されたのだ。陛下の食器から見つかった薬の一部と、魔女の家から押収された薬が一致している。この魔女が加担していたことは間違いない」

「……睡眠薬、ですって？」

――二十六年前、睡眠薬、国王暗殺、謎の男……。

イヴの頭の中で数々のパーツが組み合わさった。すべてが繋がり、それと同時に果てしなく絶望する。

――わたしが調合した薬は、やはり悪用されていたのよ。わたしの薬のせいで、国王陛下は殺された。もしかしたら、他にもまだ犠牲者が……。

あまりの衝撃にイヴの足は震え、一人で立っていることもままならなくなった。顔から血の気が引き、フラリと傾いてユリウスに抱きとめられる。

「――『あの睡眠薬はとてもよく効いた。感謝する、そしてお前には死んでもらう』」

か細い声でイヴが口にしたものは、己を殺した男の言葉だった。その意味を三十年近く経ってようやく、イヴは理解する。

「そんな……殺人だなんて……しかも、よりにもよって国王陛下を……」

イヴはひどく狼狽えた。ユリウスによってソファに座らされたが、体中がわなわなと震えて止まらない。

「ごめんなさい、パーヴェル。……わたしよ。わたしが陛下を殺したも同然。あなたが正しいわ。わたしなんて恨まれて当然よ」

国王暗殺はイヴが企図したことではなかった。それでも、己の調合した薬が事件に深く関わっていたという事実は、イヴが自責の念にかられるには十分すぎる理由になった。

「違う！　イヴ、違う。絶対に違う。あなたは利用されただけだ」

ユリウスもイヴと同じ考えに行き着いたはずだ。それなのにユリウスはイヴを責めず、懸命に庇い立てしようとしている。

「おじいさま、聞いてください。イヴは潔白です。もしもイヴになんらかの沙汰があるのなら私も一緒に受けます。だからどうか判断は、私の話を聞いてからにしてください！」

イヴを抱きしめ宥めながら、ユリウスがパーヴェルに懇願した。

たしかに、頭の中で点と点が繋がっているのはイヴとユリウスだけ。そのことをパーヴェル自身もなんとなく悟ったのか、イヴを睨んだままだったものの、ユリウスの提案に反対しなかった。

「……わかった。お前たちが何を摑んでいるのか、洗いざらい白状しろ」

イヴが殺された話とそれにまつわる薬の話、二十六年の時を経て、ユリウスとイヴがどのようにして出会ったのか。そして現在、イヴを殺した犯人を探しているということまで、ユリウスはそれらすべてをイヴに代わって説明した。

順序立てられたユリウスの説明は理路整然としていてわかりやすい。

ユリウスは繰り返しイヴには過失がない旨をパーヴェルに訴えていたが、それはまるでイヴに落ち着けと言っているようで、その言葉を聞いているうちに、イヴは次第に冷静さを取り戻していった。

――罰せられるべきはわたしじゃない。わたしと陛下を殺《あや》めた犯人だわ。

イヴは物事の本質を見誤りかけていた。仮にイヴが断罪されても真犯人は捕まらないし、被害者が浮かばれることもない。

――ユリウスはやっぱり、すごいわ。頼もしい。

イヴはユリウスに感嘆していた。

イヴはずっと、誰かと密に繫がることを願っていた。しかし、魔女は一人で生きるのが定め。

寂しさに耐えられず、かといって魔女が嫌われる世の中であえて己を曝《さら》け出す勇気も持てず、臆病なまま本心を隠してほんの少しの関わりだけで満足したつもりになっていた。

一方でユリウスは、とんでもない行動力と己に対する確固たる自信を持っている。死体に恋をして連れ帰り、盲目的な愛を捧げる……そんなこと、普通の人にはできないはずだ。

イヴはユリウスから強く大きなパワーをもらっているようだった。ユリウスと一緒にいると、彼に感化され今までの自分だったら決して選ばなかったような選択ができた。夢に入ることも、蘇生の協力を頼むことも、人間と愛し合うことも。

もちろん、後押ししてくれるのは隣に座るユリウスだ。

この先も彼と一緒にいられたら、どんなに幸せなことだろう。そんなことを夢想しながら、イヴはこっそりと頬を染めた。

かたやパーヴェルは、ソファにどっかりと腰を下ろしたまま、俯《うつむ》き腕を組んでいた。ユリウスの説明を頭の中で反芻《はんすう》しているのか、じっと考え込んでいるようだ。誰も一言も発しないので、暖炉の薪の爆《は》ぜる音がやたらとイヴの耳に響く。

やがてパーヴェルが「わかった」と告げた。表情はいくぶんか和らぎ、イヴに向けられた敵意も心なしか消えたように思える。

「ユリウスの話を信じよう。そもそも、イヴには妻と娘を助けてもらった恩もある。頭に血が上り、判断力を失った」

ユリウスとイヴはため息を吐いて安堵した。イヴはたしかに生き返れるが、だからといって何度も殺されてはたまらないからだ。

「おじいさまはイヴと面識があるのですか？　母や、おばあさまにも関わりが？」

気が緩んだ雑談がてら、ユリウスがパーヴェルに聞いた。パーヴェルは目を細め、目尻にたくさんの皺を寄せた。

「ダリヤがアナスタシアを身ごもったとき、つわりがひどくてな。よく効く薬を作る魔女がいると偶然耳にした儂は、藁《わら》をも摑む思いで訪ねた。半信半疑だったが、その薬のおかげでダリヤはすっかり持ち直し、元気なアナスタシアを産んだ。それから二十年以上経って、アナスタシアがお前を身ごもったときも、つわりの薬で世話になった」

ユリウスの家族がイヴの調合した薬を飲んでいたなんて、イヴ本人も知らなかった。

イヴとの出会いをユリウスは偶然ではなく運命だと言った。イヴは笑って否定したが、生まれる前から繫がりがあったと知ってしまった今となっては、特別な縁の存在を信じたい衝動に駆られてしまう。

気づくと、ユリウスがイヴをじとっと見つめていた。

「知り合いならばそうと教えてくれればよかったのに」

パーヴェルの昔話に嫉妬したのか、ユリウスが苦々しく呟いた。それが面白おかしくて、イヴは吹き出しそうになる。

「あなたのおじいさまとわたしの知っている『パーシャ』が重ならなかったのよ。ユリウスはお父さま似なのかしら、パーヴェルにはあまり似ていないし、気づかなかったの。……それと、パーヴェル。まずはあなたにお礼を言わせて」

むくれたままのユリウスをいなし、イヴはパーヴェルに向き直った。

「パーヴェル、信じてくれてありがとう。わたしが追う人物と、あなたが追う人物……きっと関係していると思う。わたしも協力するわ。だから、なんとしてでも見つけましょう」

前向きなことをそれらしく言いながらも、イヴは少し悩んでいた。

本来ならば今日のこの場は、ユリウスの恋人として彼の家族に紹介されるために設けられた場であった。しかし国王暗殺の話が出た今、交際のことは二の次になるのは仕方がない。そもそも己の存在を家族に紹介するようイヴが頼んだわけではないが、いまさら恋人云々の話に戻すのは遅きに失した感がある。おまけにユリウスの祖父とイヴは面識があった。

パーヴェルに認めてもらえるか、イヴはとても案じていたが、結局何も言い出せないまま、イヴは流れに任せることにした。

「それでイヴ、お前さんを殺した犯人の容貌を詳しく教えてはくれんか？」

イヴの複雑な心境を知らないパーヴェルが、さっそく情報収集に取り掛かった。イヴは気を取り直し、二つ返事で了承する。

「あなたよりもユリウスよりも低い、平均的な身長の男だったわ。青い目をしていて、豊かな金髪で、長さは……そうね、このくらい」

小さな手で肩のあたりをちょんと軽く触る。

「髭もあったわ。パーヴェルみたいな豪快なものではなくて、鼻の下だけ、こう……四角く整えてあった。年の頃は、当時五十代くらいね」

イヴが当時の記憶を語るたび、パーヴェルの表情はどんどん張り詰めていく。

「パーヴェル？　どうしたの？」

とうとうイヴは見逃せなくなり、パーヴェルの様子を窺った。

「……連れはいたか？」

「え、ええ。黒い髪の三十代くらいの男性。顎に傷があった。この黒髪の男が私を刺し殺したの。金髪の男が指示を出していたから、黒髪の若者はきっと部下ね」

　イヴの返答を聞いたパーヴェルは、「そうか」とだけ短く告げた。神妙な面持ちで俯いて、長いため息を吐く。よくわからないまま見守っていると、くつくつと笑いを漏らし始めた。

　ますますもってわからなくて、パーヴェルが笑う理由を求めイヴはユリウスを見たが、彼も理解不能といった様子で眉間に皺を寄せている。驚きに言葉を失うイヴたちに、パーヴェルは淡々と付け加える。

「――大公だ。セルゲイ・チペラ大公。イヴの言う『金髪の男』は大公に間違いない」

　ひとしきり笑ったパーヴェルの口から、想像だにしなかった名が飛び出した。

「それから、部下というのは二十六年前、もぬけの殻となったイヴの家から死体で発見されたヒネク・カルドチークだ。お前さんを捕らえに行き、返り討ちに遭い殺された……ということになっている」

　イヴは耳を疑った。慌てて立ち上がり、反論する。

「待って、わたしは殺してないわ！　だってわたしが彼に殺されて――」

「わかってる」

　まだわたしを犯人扱いするのかと、イヴは目眩に襲われた。今度はすぐさま否定できたが、パーヴェルの意図はどうやら他にあるらしい。

「イヴ。……大公はお前さんに作らせた睡眠薬を陛下に盛って、眠ったところを暗殺し、手頃な男を実行犯に、お前さんを共犯者ということにした。口封じのためお前さんを殺して死体を山中に埋めると同時に、お前さんが追っ手を殺し外国に逃げたということにして、一部始終を知っている部下もどさくさに紛れて殺した。今、儂が言ったことは仮説だが、真実に限りなく近いはずだ。……わかったか？」

そこそこ穏やかに生きてきた――途中、死んでいたけれど――イヴにとって、パーヴェルが語る物騒な話はまるで別世界の出来事のようだった。

信じられなかった。今でこそイヴはユリウスのそばに身を置いているものの、当時はまだ人間との距離を十分に保っていたはずだった。

にもかかわらず、イヴは知らぬ間に人間に利用され、罪人の烙印《らくいん》を押されていたのだ。

「……へえ、そう。わたしが殺した、と言っているのね。薬を悪用して、罪を私になすりつけて……。何が楽しくてそんな真似をするのかしら」

イヴは悲しみを覚えたが、それ以上に呆れ果てた。愚かな考えと行いに同情さえした。

「欲望に支配されているんだろう。他人を隷従《れいじゅう》させることにしか喜びを見い出せない哀れな男だ」

イヴと同じ空虚感を抱いたのだろう、ユリウスが吐き捨てた。それから彼はイヴの手を握り、唐突にパーヴェルに宣言する。

「おじいさま、決めました。イヴを生涯の伴侶とすること、どうかお認めください。イヴを王妃とし、私が王として立ちます。必ずあの男を失脚させ、これまでに犯してきた罪を償わせてみせます」

パーヴェルはにわかに色めき立った。

「おお……ついに、王になると決めてくれたか！　しかし王妃に、ま、魔女を……？」

「はい。それが何か？　おじいさまもイヴの心の清らかさをご存じのはずです。私たちは愛し合っていますし、イヴ以外を妻とするなど、恐ろしくて寒気がします！」

晴れやかな表情のユリウスとは対照的に、イヴは眉間に皺を寄せる。

「ユリウス……ええと……王？　わたしが王妃？　……どういうこと？」

イヴはユリウスがおかしくなったのかと思った。国王を暗殺した逆賊を断じようとしているのに、どうしてユリウスが王になろうとするのか、話が見えてこない。

イヴの横槍を咎めず、むしろイヴに向き合って瞳を見つめ、子どもを諭《さと》すように告げる。

「イヴ、実は私も最近知ったばかりだが、私はこのクロノキア王国の正当な王位継承者だ。あなたに知らせていなかったが、アルトゥール国王陛下は私の父だ。だから、大公を廃位させたあと王位に就くのも、私が最も適任なんだ」

――ユリウスは王族、王位継承者。お父さまは大公に殺された、亡き国王……。

ユリウスの告白は、イヴの心に大きな迷いを生じさせた。

魔女のイヴが、人間のユリウスのそばにいる。ユリウスとパーヴェルが許してくれたなら、そんな未来もあったかもしれない。

だが、ユリウスが王族だというなら、話はまったく別である。

「大公はイヴを利用し、殺し、挙句の果てに罪をなすりつけようとした。これは到底、許されることではありません。大公にはなんとしてでも贖ってもらわなければならない」

ユリウスはイヴの動揺に気づかない。怒り、正義感、それらを行使する決意。それらが彼を満たしているようだった。声を荒げたりはしないが、両手をきつく握り締め、歯を食いしばり、内から溢れそうになる何かを必死で制御しているように見える。

「おじいさまが陰で反大公派の集会を開いていたのと同様に、私も万一の場合の算段をつけてあります。だから、これからは全力で動きます。人も物も金も場所も、すべて用意は整っている。大公が気づいて何か仕掛けてきたとしても、すでに手遅れだ」

ユリウスはこれまで秘密裏に進めていたことを、初めてパーヴェルに明かした。もちろん、イヴだって知らなかったけれど。

ユリウスは、パーヴェルが集めた反大公派の人間も含め、多くの貴族たちを「復権派」

として味方に引き込んでいた。王宮の内外に間者を配置し、多数の武器や資金を隠し持っていることも打ち明けた。

ユリウスがここのところ忙しくしていたのは、王位を取り戻すための準備を秘密裏に進めていたせいだった。あまりの用意周到ぶりにパーヴェルが舌を巻く一方で、イヴは「待って」とユリウスを止める。

「ユリウス、さっきの話が終わってないわ。わたしを王妃に……って、無理よ、不可能だわ。魔女アビゲイルの名も悪行も、国民全員が知っているのよ？　魔女を王妃に据えるなんて言い出したら、ユリウスだってどうなることか！」

人間は魔女を嫌っている。ユリウスに限っては違ったが、大多数はそうなのだ。

しかしユリウスは認めない。

「私と一緒にいる、侯爵の妻という立場を受け入れると以前言ってくれたじゃないか。侯爵と国王なんて、統治者という意味ではそんなに変わらないだろう？」

「変わるわよ！　だめ、無理よ、わたしは魔女よ？　ただでさえ嫌われているのに……王妃？　ユリウスが国王になれたとしても、わたしは王妃になれないわ」

「前にも言ったはずだ、魔女がみな悪女だなんて、そう考えるほうがおかしい。イヴを見ていたらわかる、あなたがどれだけ潔白か。なんなら、私がこの先無事に王になれたら、魔女への偏見をなくす活動に取り組んだっていい」

　イヴは深刻に考えているのに、ユリウスときたら軽口を叩いて笑う余裕すらあるらしい。

「……っもう！　わたしは本気なのよ？　ユリウスったら、冗談言わないで――」

「私だって本気だ」

　間髪容《い》れず、ユリウスは言う。

「イヴは私と一緒にいることを選んでくれただろう？　その選択が間違いだったと、イヴには思ってほしくない。……突然『王妃に』と言われて、イヴが戸惑うのもわかるよ。でも信じてくれ、絶対に後悔させない。あなたを守り、幸せにする」

　ユリウスがイヴの頭を撫でた。長い指で髪を梳き、そっと抱き寄せる。

「イヴと出会ってからずっと、私はあなたのために生きている。あなたに生かされているんだ。これは、イヴが何ものにも悩まされず、心穏やかに生きられる世を作るいい機会なんだ。必ずあなたを幸せにするから、だから……！」

　ユリウスの言葉も愛情も、イヴにとってはひどく重い。だというのに、言われすぎて感覚が麻痺してきたのか、いつしかその重さが却って心地よくなっていた。

　王妃という未知のもの。これまでのイヴなら決して近づいたりしなかった。

　しかし今は違う。ユリウスが信じろという言葉の通りにしたい気持ちも心の中に存在していた。

ユリウスの肩書きはこれから変わってしまうのだろうが、彼のイヴへの想いは、きっと変わらない。そう思わせる強い意志を、イヴはユリウスから感じ取った。

パーヴェルもイヴの反応を窺っている。ここでイヴが「わかった」と言わなければ、ユリウスは計画のすべてを断念してしまうだろう。パーヴェルはきっと、それを喜ばない。

「それじゃあユリウス、わたしを王妃にするために、大公とモーティシアさんのこと、なんとかしてくれるのよね？」

退路はないも同然だった。しかし素直に「わかった」と言うのもなんだかつまらない気がしたので、少しおどけてユリウスを煽った。ユリウスだってさっき戯れを言ったのだから、イヴは仕返しのつもりだった。

「もちろん」

ユリウスは待っていましたとばかりに、満面の笑みで答えた。照れを押し隠すイヴと見つめ合い、抱きしめ、そのままキスすらしようとした。

「――ゴホン」

二人だけの世界に没頭しかかっていたが、ここはパーヴェルの部屋であり、テーブルを挟んだすぐ向かいには厳ついパーヴェルの顔がある。

「そこの若者たち。話は終わったかな？」

「はい、おじいさま。イヴが心を固めてくれましたので、却って私も思いきり動くことができます。もちろん、おじいさまもイヴを認めてくれますね」

「ま、まぁ、な……詳しくは、すべて片付いてからだ」

パーヴェルの皮肉はユリウスには効果がないらしく、パーヴェルは返り討ちに遭いたじたじになる。

「イヴの仇。それと、父と、母の仇も。全力を尽くします」

気を引き締めたユリウスがさらりと告げた内容に、イヴは慄然とした。

「母って、アナスタシアのこと？　……まさか——」

鳥肌が立った。まさに夢から覚めたように、体中が強張った。

「そうだ。私が幼少のころ、私を守るため母は大公の手の者に殺された。階段から転落死したと聞いていたけど……大公の仕業だそうだ」

「そんな……あなたのお母さままで……」

イヴは二の句が継げなかった。大公が犯した罪、奪ったもの。イヴの命だけだったならまだよかった。大公は、ユリウスの父と、母までも殺していたのである。

「……許せない」

イヴは久しぶりに怒りを覚えた。何に対しても諦めや怯えが先行していたイヴは、特定のものに執着することがなかった。怒りの感情すら忘れてしまっていたはずだが、ユリウスの両親のことを思うと、腹の底がフツフツと煮えたぎっていくのがわかった。

「ユリウスの大切な家族を苦しめる大公……許せないわ。ユリウス、パーヴェルも、何でも言って。あなたたちが望むならわたしは喜んで協力する、何でもする。それこそ、悪い魔女にだってなってみせるわ……！」

イヴは己の心に従うことに決めた。絶対にあの男を断罪する。正しく罰を受けさせると、胸に固く誓った。

第五章　終着の春

寒さの厳しい二月下旬。

凍えてしまわないように、ユリウスとイヴは、寝台の上で肌を寄せ合うのを日課としていた。

「――っだから、イヴ、本当にあなたには申し訳ないと、思っている、んだ」

律動に合わせ、ユリウスの口が止まっては動くのを繰り返す。その下ではイヴが体をさらけ出しており、男から与えられる悦楽を余すところなく享受していた。

「わかっ……ユリウ……っ、……ぁ、……待って、待ってて っ！」

だが、イヴは途中でユリウスを止めた。

汗を滲ませ荒い呼吸を繰り返すユリウスを、やや呆れ顔で見上げて告げる。

「ユリウス、わかったって言っているでしょう？　そんなに何度も謝らなくてもいいの」

「どうして？　将来を約束したのに、偽装とはいえ他の女と婚約をしたんだよ？　私があなたなら、それはもう……辛い。死んでしまうかも」

ユリウスはつい先日、大公の娘モーティシアと非公式ながら婚約した。

もちろん、あのわがままで非情な女に惚れても屈してもいない。とある計画遂行のため、従順になったふりをしているだけなのだ。

だからこそ、今もユリウスの隣——正確には下——には、以前と変わらずイヴがいる。

イヴは向かい合う男の背に手を回し、汗ばむ体を抱き寄せた。

「ユリウスの立場はわたしだって十分わかっているつもりよ。あなたがこれから為《な》すべきことも。そのためには婚約という建前が必要なのだと、あなたからもパーヴェルからも何度も説明を受けたじゃない」

ユリウスが大公の娘と婚約することについて、イヴは一切の異議を述べなかった。作戦だということを理解していたからだ。

ところが、あまりに聞き分けがよすぎたせいで、この作戦の立案者であるユリウスのほうが、イヴに捨てられるのではないかと疑心暗鬼に陥った。いくら否定してもユリウスは作戦を撤回しようとするばかりで、その説得にイヴは相当な骨を折らねばならなかった。

先ほどもイヴの口から祖父の名が出た途端、ユリウスは嫉妬に目の色を変えた。

「恋人の私がこんなに近くにいるというのに、他の男の名を出すなんて。……ひどい」

「もう、ユリウスったら！　あなたのおじいさまの名前じゃないの」

開いた口が塞がらないとはこのことかしら……と呆れつつ、そうやって自分に執着してくれる彼のことを、イヴは微笑ましくも感じてしまう。

ふくれっ面のユリウスに、イヴはちゅっとキスを施す。

「往生際が悪いわね。わたしはあなたを信じているし、あなたもわたしを信じているのでしょう？」

「もちろん」

「だったら、心配せずに堂々と婚約者を演じたらいいのだわ。モーティシアさんを騙すのは心がちょっぴり痛むけど、人の心があるのならばきっと彼女もわかってくれるはずよ」

「今度はよその女の名を出したな。私というものがありながら」

ユリウスはイヴを睨め付けて、腰を打ちつけ最奥を攻めた。突発的な強い刺激に意識が一瞬飛びそうになり、イヴの口から息が漏れる。

「ん……あなたって結構なヤキモチ焼きだわ。……とにかく、自分でなんとか折り合いをつけて。あなたの演技にかかっているのだから」

イヴは両手をシーツの上に投げ出した。抵抗しない、あなたのいいようにしてくれ、という合図だ。それだけユリウスを信頼しているという証でもある。

ところが、なぜかユリウスの表情は曇る。

「イヴ、怒ってない？　あなたとこうして繋がっているのに、私は他の女性と婚約している。……普通、最低な男だと思うだろう？」

言葉を変え場所を変え、ユリウスから飽きるほど投げかけられてきた質問だ。そのしつこさに辟易してもいいところだが、イヴはむしろ悦《よろこ》びさえ感じた。

何度も口に出して確かめてしまうのは、イヴを失うのが怖いから。ユリウスはイヴを深く愛し執着している。

「怒ってないわ」

完璧超人に見えるユリウスにも、欠点があった。それは、心配性なところだ。……マザコンで死体性愛者なところも欠点かもしれないが。

ユリウスに与えられる窮屈さが心地よく、満たされた気持ちで彼の疑惑を否定した。しかし、ユリウスは納得がいかない様子である。だから再びイヴは「怒っていない」と答えた。にもかかわらず、彼は新たなものを求める。

「それなら、証拠を見せてくれ」

「証拠？」

聞き返すと、ユリウスは上半身を起こしながらイヴの手を引っ張った。下半身は繋がったままで、どうする気なのかとイヴがおろおろしているうちに、ユリウスの胴に跨《また》がらされてしまった。

さっきまでユリウスを見上げていたはずが、今度は彼を見下ろす番だ。

イヴと上下を交代したユリウスが、にやりと悪い笑みを浮かべる。

「怒ってない証拠に、動いてくれ。イヴの好いようにでかまわないから。……イヴの善《よ》がる顔が見たい」

「も、もう……っ」

反発しようとしたけれど、何か言おうとするたびにユリウスが下から突いて急かしてくる。逃げるために腰を上げようとしても、両太腿はがっちり押さえられている。イヴは早々に白旗を掲げ、諦めて彼の言うまま動くことに決めた。

ユリウスの胸に手を置いて、イヴは膝立ちになり腰を上下に動かしてみる。すると、ユリウスが動くときに比べたらずいぶんとぎこちないながらも、それらしい快感が結合部に広がった。

「ん……ユリウス……」

目の前で揺れているのが気になったのか、ユリウスが頭を起こし乳房の先端を咥《くわ》えた。緩急をつけて巧みに吸われ、連動するように子宮が引きつる感覚を得る。

「イヴ、愛してる」

その隙にユリウスの両手が背に回され、長い指が尻の谷間を擦り上げた。

「ひぁ……っ！」

「――イヴ、今の、イイ。すごく中が締まった」

背中がゾクゾクと震えて、体中の筋肉がキュッと硬直した。その刺激の余波をユリウスも感じたのだろう。

それがスイッチだったのか、イヴの体は飢えを感じるようになった。腰を上下させ何度抽送を繰り返しても、気持ちはいいのにちっとも満たされる気配がない。速度を変えてもそれは同じで、物足りなさで狂ったように彼に口づけを強請《ねだ》った。

「イヴが……かわいい。どうしたんだ？」

「ちがうの。別に……っん、はぁ……」

いつもより声が漏れる。唾液にいつしか空気が混じり、舌と舌で捏ねるようにくちゅくちゅと泡立てていると、口の端からたらりと垂れていく。

刺激の強さが物足りないのか、初めての体位に体が慣れていないだけなのか。いろいろ

なことが手探りの中、イヴは貪欲になっていった。

膝立ちをやめ、両足を前に放り出すようにして、ユリウスの下半身に座る。

そして、膝を体に引き寄せて、足の裏に体重をかけて再び上下の律動を始めた。

「あぅ、ユリウス……これ、っ」

「ああ……すごく、気持ちいい」

太腿にかかる負担が大きく、長時間は保たない。その代わり、単なる騎乗位とは比べ物にならないほど、快感の質が向上した。ストロークが長くなることで、一往復の抽送で大きな愉楽が生まれるのだ。

イヴの媚肉にユリウスの全長がピタリと吸い付いているみたいだった。陰茎の先端が膣の最果てに届くのか、引き抜くときに体の核に口づけされているかのような感覚すら抱いてしまう。

ギリギリまで離れてから再び体に納めていくと、彼の幹と己の肉壁がズリズリと淫《みだ》らに擦れ合い、声が出るのを我慢できないほど体中が歓喜した。

また、気持ちいいのはイヴだけでなく、ユリウスも同じ様子だった。

陰茎はますます怒張してこれ以上ないほど充血し、硬く太く赤黒く、邪な欲望を増長させていった。

そのうち息が荒くなり、眉間に皺を寄せ追い詰められたユリウスが零す。

「イヴ……っだめだ、我慢、……できない」

「いい、ユリウス、……出して。ぜんぶ、わたしに……わたしも——っ！」

子宮に届きそうなほど勢いのある吐精と、一滴も残さず搾り取ろうとするイヴの襞。共に達して終わりを迎えたあと、イヴはユリウスの体の上に己の体を折り重ねた。呼吸を荒く繰り返しながら、二人はしばらく抱き合っていた。

外は強い風が吹き、カーテンの向こうで窓ガラスがガタガタとうるさく揺れている。雪こそ降ってはいないものの、池の表面に氷が張っているかもしれない。

それくらい寒いのに、二人は全身汗だくだった。体から湯気が立ち上りそうなほどの熱気に包まれ、真夏のように暑かった。

「すっかり体も回復したね。……よかった」

熱が冷めやらぬ中、ユリウスがぽつりと呟いた。

生き返ったばかりの頃は、何十年も動かなかったせいでイヴはまともに歩くことすらできなかった。

だというのに、今や四肢を自由自在に動かすことができるまでに回復した。

「あなたのおかげよ。ありがとう、ユリウス」

「いいんだ。イヴ、愛してる」

これからそう遠くない先に、準備してきたことが報われる瞬間が訪れる。

二人は愛を確かめ合うとともに、納得のいく結末を願わずにはいられなかった。

＊　＊　＊

春、セルゲイ大公の在位二十七周年を祝う記念式典が開催された。

催事などに使用される王宮の大広間は、招待された貴族たちですでに埋まっていた。二階席には合唱隊と管弦楽団が待機しており、ユリウスは人々の注目を浴びながら、壇上に用意された席へと向かった。

大公の妻、娘、その隣にユリウス。ユリウスが大公の家族然としているのを目の当たりにした人々は、どういうことかとざわついた。しかしそれもユリウスは予測していたし、何より今、彼には気にしている余裕などなかった。

壇上からそれとなく会場を見渡し、私兵や復権派の工作員があちこちに潜んでいることを確認する。そして誰にも疑われぬよう、そしらぬ顔で大公を待つ。

大公は、この場で娘の婚約と娘婿への大公譲位を宣言する予定でいた。

その宣言の場を大公在位二十七周年の記念式典としたことは、大公が己の野望――国の乗っ取り――を果たすために好都合だったのと同様に、大公を失脚させ王家の復権を目指すユリウスたちにとっても好都合だった。

橙色《だいだいいろ》のド派手なドレスに身を包むモーティシアは、目当ての男ユリウスを隣に侍《はべ》らせることが叶い、満足そうな笑みを浮かべていた。

その一方で、正礼装である黒のフロックコートを羽織ったユリウスは、心を押し殺しながらじっと耐えてその時を待つ。

「あなたもばかよね。初めから素直に従っていればよかったのに」

耳元で囁かれる彼女の嘲笑《ちょうしょう》にも似た声を、ユリウスは反吐が出る思いで聞いていた。返答する気はないが、モーティシアも反応がほしいわけではなさそうだ。

ユリウスの胸ポケットに挿された橙色のスカーフを一瞥《いちべつ》し、フンッと鼻を鳴らしてから、モーティシアは得意げに視線を正面に戻した。

モーティシアにとって、ユリウスはアクセサリー程度の存在なのだろう。長身で顔も家柄もよく、共にいるとより自分が映える存在。

ユリウスを愛しているわけでも、彼に愛してほしいわけではなく、モーティシアは誰に対しても自慢できる男をそばに置きたいと望んでいるだけだ。その考えがまた、ユリウスとは相容れない部分ではあるのだが。

ユリウスが苦行のような時間を耐え忍んでいると、進行役が開始を告げ、金管楽器のファンファーレとともに大公が扉からようやく現れた。

ユリウスは身を引き締めた。これからが本番であり、失敗は許されないからだ。

大公がゆったりとした足取りで壇上の玉座に就くと、開式の辞、式辞、祝辞と続き、いよいよ、演説が始まった。

今年は大きな災害もなく豊かに作物が実ったこと。外交関係も円満で、何の問題もないこと。これらはすべて、大公である己の行いを天が評価したからこそ、与えられた恵みであること——。

気を抜けば、ユリウスは舌打ちをしてしまいそうだった。どの口でそんなことが言えるのか、と摑みかかりたくて仕方なかった。

大きな災害は王都付近でこそなかったものの、地方はそのかぎりではなかった。外交だって関税の引き上げを巡り長いこと膠着《こうちゃく》状態の国があり、そのせいで綿織物の値段がここ二年で倍になっているというのに。

そして、長い演説が終わりに近づいたころ、大公はついに婚約の話題に触れる。

「大公となり二十七年、余はこの国をよりよくせんと奔走してきた。だが、すでに余は年老いた。今後は時機をみて娘婿に譲位することとする。この場を借りて紹介しよう、我が娘モーティシアの夫となる男、アルスハイル領パーヴェル・ハルヴァート侯爵が孫、ユリウス・ハルヴァートである！」

大広間の高い天井に、拍手と歓声が響く。ユリウスは大公に促され、演説台へと足を進めた。台の高さはユリウスには少しだけ低い。大公を基準に作られているからだろう。

ユリウスは心を落ち着かせるために息を吐きながら手をついて、心臓の鼓動が速くなるのを感じながら、ゆっくりと会場内を見回した。

貴族たちに紛れ込みながら、イヴはこの式典で初めてモーティシアを見た。人目を引くドレスで着飾り、ユリウスの隣でつんと澄ましている女性だ。

さすがは大公の娘、その振る舞いは堂々としていて、イヴはほのかな嫉妬を感じる。

――あれだけ自分に自信があったなら、わたしも迷いを抱かずにすんだかしら。

――わたしに彼女ほどの身分があったなら、王妃にと望まれても怖気づかずにすんだかしら。

そんなことを考えては、ユリウスはわたしを選んでくれたのだから……と不安を打ち消す作業を繰り返す。

ユリウスとモーティシアの婚約は、大公の演説の中で発表された。国民に一言、と求められたユリウスが、演説台から人々に向け話し始める。

いよいよだとイヴは唾を飲み込んだ。ユリウスが話し始めてしまえば、これから為すことはもう誰にも止められない。

大公の失脚か、復権派の敗北か。未来は二つのうちのどちらかだ。

「アルトゥール国王が暗殺されて二十七年、セルゲイ・チペラ大公は首領としてこの国を守ってこられました。ですが――」

ユリウスの声は優しくも張りがあり、イヴの耳にもよく馴染んだ。だが、ゆっくり聞き惚れている余裕はない。そろそろ波乱が巻き起こることを、イヴも知っていたからだ。

「――ですが、それは誤りです。他国との戦争はなかったものの、セルゲイ大公はこの国を牛耳るため、己と意見を違える者を次々葬ってきました。冤罪を作り出し、金と恐怖で人を操る。それが、この男が我々に行ってきたことです」

大公を称える式典なのに、ユリウスは公然と大公を非難した。会場の雰囲気は一変し、大公が体をわなわな震わせながら立ち上がる。

「この、たわけが！　……ユリウス・ハルヴァート、貴様っ、何を！　この場がどんな場か知っておるのだろうな!?　よくも余の名を汚す真似を!!」

　大公の怒鳴り声に、イヴは身を縮こまらせた。だが、ユリウスに動じる気配はない。

「二十七年前、セルゲイ・チペラは権力を欲するあまり、大罪を犯しました。国王暗殺です。我が国の王、アルトゥール・ヴォーロス陛下が暗殺されたのは、すべてこの逆賊の計画だった」

　会場のざわめきは深刻になるばかり。ユリウスを捕らえようと大公が衛兵を呼びつけるが、衛兵は命令を拒む。すでに会場内はユリウスたち復権派に支配されていた。

「我々は二十七年もの長きに渡り、国王陛下を弑逆《しぎゃく》した男を君主として担ぎ上げてしまいました。今こそ歪みを正し、この国の未来をあるべき道へと戻す時です！」

　ユリウスの演説に、復権派の貴族たちが拍手した。それに続いて一人、また一人と立ち上がり、ユリウスに賛同するように拍手の数が増えていった。イヴも同じく立ち上がり、ユリウスに惜しみない拍手を送る。

　大公を守るため行動を起こそうとする者は誰一人としていない。圧倒的な劣勢に愕然としながらも、大公が戦意を失うことはなかった。

「おい若造。貴様、自分が何をしたのかわかっておるか？　これは紛れもない反逆だ。娘との婚約もなしだ。貴様はこの余が直々に首を切り落としてやらねば気がすまん！」

拍手の収束を待ってから、大公はユリウスに言い放った。怒りと恨みのこもった声に、対峙していないイヴですら恐怖で足が竦《すく》みそうになる。

しかし、ユリウスだけは違う。

「あなたこそ、ご自分が何をなさったのかおわかりですか？　そもそも〝大公〟は新しい国王を迎えるまでの〝中継ぎ〟にすぎなかったはず。それをあなたは悪用し、二十七年も中継ぎの座に居座り続けましたね。その間、どれだけの者を消したのか……」

大公は笑った。空に向かって自信たっぷりに。

「貴様が何を知っておる？　余が国王を殺した？　……ハッ、証拠もなく適当なことを言うではないわ！　第一、余を大公の座から引きずり下ろしたとして、次は誰が起つというのだ？　まさか貴様が、などと言うまいな？」

「ええ、お言葉の通り、私が。あなたもご存じの通り、私は王家の血を引いているのですから当然でしょう？」

ユリウスは自信と余裕たっぷりに答え、会場にいる人々に向かい高らかに宣言する。

「私の祖父はアルスハイル侯爵パーヴェル・ハルヴァアート、母はその娘アナスタシア。そして父は、クロノキア王国第二十九代国王、アルトゥール・ヴォーロス。私こそが王の血を受け継ぐ唯一の生き残りにして、次代の王たり得る者です」

大広間は混乱に陥っていた。

そんな。まさか。どうりで。彼なら。様々な声をイヴの耳は拾う。

「セルゲイ大公、あなたは私が王家の血を引いていることを知り、母もろとも私を殺そうとしましたね。そしてそれが叶わないとわかると、ご自分の御息女との縁談を押しつけた。私の出自が公となっても、すでにモーティシア嬢との子ができていれば、あなたの血を引く子孫が国の頂点に立ち続けられる。そう思ったからこそ、縁談を強引に押し通そうとなさった。……そうですね？」

イヴがモーティシアを窺った。

彼女はこの非常事態に、直立したまま顔を青くしていた。おそらく、大公の目論見をモーティシアは知らない。単に「美しいユリウスが欲しい」という己の欲に従っただけなのだろう。

「妄言だ……妄言、まったく根拠のない妄言！　お前たちもどうして動かぬのじゃ!?　逆賊はこの若造のほうぞっ！」

ユリウスの言うことを認めれば、大公は間違いなく今の地位を失うだろう。だからイヴにも大公の否定したい気持ちがわかった。

しかし、理解できても容認はできず、それはユリウスも同じだった。

ユリウスは剣を抜き、切っ先を大公の喉元にピタリと突きつけた。

「先ほども申し上げましたが、〝大公〟とは次の国王が定まるまでの仮の席だったはず。娘婿に譲位？　まさか〝大公〟を今後も残していくと？　……思い上がりもほどほどに。大罪を犯した身でありながら、僭称《せんしょう》するのもいい加減にしていただきたい」

ユリウスは息を吸い込み、毅然《きぜん》として言い放つ。

「アルトゥール・ヴォーロスが息子、ユリウスはここに即位を宣言し、セルゲイ・チペラからあらゆる権力を剥奪《はくだつ》することと致す！」

会場内が再びどよめいた。居合わせた者はみな興奮し、各々に騒ぎ始めるので、ユリウスと大公のやりとりは途切れ途切れにしかイヴの耳には届かなくなった。

憲兵が大挙して壇上へ押し寄せ、大公とその家族を捕らえている。その様子を見守りながら、イヴは一人感動を覚えていた。

――ついにやった。ユリウスが、彼が国を正したのよ。

イヴはユリウスのことを誇らしく思うと同時に、彼が手の届かない遠いところへ行ってしまったような気がして、一抹の寂しさを胸に抱く。

「――貴様が王家の血を引いている証拠がどこにある！　余がアルトゥール陛下を殺した証拠がどこにあるっ!?」

後ろ手にされ、床に膝をつかされてもなお、大公はユリウスに向かって吠《ほ》えていた。そこへ、パーヴェルが姿を現した。

その手が掲げるは一通の書面。

彼らの声は喧騒《けんそう》に紛れて途切れ途切れにしか聞こえないが、あの書面がなんなのか、イヴは事前に聞かされていた。

国王がパーヴェルに宛てた直筆の密書で、アナスタシアの腹の子——ユリウス——が己の子だと認める旨が書かれている。つまり、ユリウスの出自を証明する証拠。

大公はパーヴェルにも噛みついた。だがパーヴェルは怯むことなく、大公に向かって何か反論をしているようだ。

聞こえないぶん、余計にイヴはもどかしかった。表情を窺うかぎりでは、ユリウスたちが大公を圧倒しているような気もする。だが、本当のところはわからない。

「——不敬だぞパーヴェル！　薬を作った魔女は死に、余の部下を殺して……——」

断片的なものの、大公の口から「魔女」という単語が飛び出した。そろそろだ、とイヴは息を呑み身構える。

打ち合わせでは、パーヴェルと大公がこちらを向いたら、ニコッと微笑めばいいだけという話だった。それだけなのに、イヴにも緊張が走る。

パーヴェルが大公に近寄り、彼の耳元で何かを囁く。そして、パーヴェルがイヴに目を向けた。

それを追いかけるように、青白い顔の大公もこちらを向いて——目が合った。事前の打ち合わせどおり、イヴは大公に微笑みを送る。

「まさか……まさか、そんなはずは……！　……いいや、違う、確かにあの魔女はっ」

大公は、群衆の中に殺したはずの魔女の姿を見つけたのだ。三十年近く経つのに、しかも殺したはずなのに、当時と変わらない姿でこの場に紛れ込んでいるさまは、それはそれは恐ろしかったことだろう。

幽霊か、化け物か。この世のものではないおぞましいものを見たかのように、歯をガチガチと鳴らしながら大公は喚き声を上げる。

「違う！　あの魔女は殺させた！　確かに余が命じ——」

大公がついに認めたのだ。イヴは息を呑んだ。

イヴの耳は大公お自白を断片的にしか拾えなかったが、ユリウスにはすべて聞こえたことだろう。その証拠にユリウスたちは引き揚げる準備をし始めた。憲兵に両脇を固められた大公とその家族は、みせしめのように大広間中央の絨毯の道を歩かされ、ものものしく連行されていった。

＊　＊　＊

「さて閣下。答え合わせといきましょうか」

場を移し、ユリウスたちは元大公、セルゲイの取り調べを始めた。イヴもこっそり合流し、離れたところでユリウスに呼ばれるのを妙な高揚感とともに待つ。

「さきほどの『そんなはず』とは、どんな『はず』なのですか？」

「……知らん。余は何も知らん。罪人のような扱いを受けて取り乱しただけだ」

「取り乱しただけ？　意味のない言葉だと？　とてもそのようには聞こえませんでしたが」

淡々としたやりとりに、イヴは静かに耳を傾けていた。セルゲイは家族とともに憲兵に取り囲まれている。にもかかわらず、白を切り通すつもりのようだ。

「セルゲイ閣下、いい加減お認めになったらいかがですか」

「何も認めることはない。余は悪くない、正しい。それだけだ」

埒が明かない状態に業を煮やしたパーヴェルが、イヴに合図を出した。イヴの姿でセルゲイを動揺させ、自供を引き出す作戦だ。

ユリウスはあまり乗り気ではなく、イヴ抜きでもなんとかしてみせると意気込んでいた。だが、やると言って聞かなかったのはイヴ。ユリウスの手伝いがしたかったのだ。

憲兵の間を縫って進み、ユリウスの背後で待機する。

「ユリウスめ、余を侮辱したこと、忘れんからな！　覚えておくがいい。この濡れ衣を晴らした暁《あかつき》には、貴様らはおろか、アルスハイル一帯と貴様らに与する者すべて――」

「あなたの名前、セルゲイと言うんですって？」

セルゲイの無駄な咆哮《ほうこう》は、イヴが被せた言葉によって立ち消えた。イヴの声を覚えていたのか、セルゲイは落ち着きをなくし、怯えたように周囲をキョロキョロと見回した。

「久しぶりね。名乗りもせずに殺すなんてひどいじゃない。何も知らない無関係のわたしに犯罪の片棒を担がせたことも、とてもひどい話だと思うのだけど……違う？」

ユリウスの背後から、イヴは姿を現した。白金色の髪をゆるく編み、柔らかな生成り色のワンピースを纏って……あの日殺された時と同じ格好で。

セルゲイは激しく狼狽えた。取り乱し、みっともなく叫び、後ずさりをしようとした。しかし彼を取り囲む憲兵によって阻止される。

「わたしは本当にあなたを心配していたのよ？　眠れないと聞いたからこそ、睡眠薬を調合した。それなのに、どうして悪巧みなんかに使うのよ」

「ま、幻じゃなかったのか!?　さっき……広間に……こ、こんな、こんなことがっ」

話すことさえままならないほど怯えきったセルゲイを、イヴは冷めた目で見つめる。近くで見る彼の顔は肉が削げ落ち骸骨のようで、髪にも肌にも艶がなく、年相応の老人だった。だがイヴにはわかる、この男が約三十年前、己を殺した犯人だと。

「あなたを奈落へ引きずり込むため、冥府より蘇ってきたの」

イヴの台詞はすべてユリウスが考えたもの。効果は抜群だ。

「きっ貴様、なななぜ、た、確かにっ、ヒネクがころ、殺したはず、なのにっ！」

——「確かに殺したはずなのに」

セルゲイは言った。これで言質は取れたも同然。面白いくらい簡単で、身構えていたぶんイヴは拍子抜けしていた。

「……そうね。あなたの部下ヒネク・カルドチークに剣を突き立てられ、確かにわたしは絶命したわ」

ここに、とイヴが己の鳩尾《みぞおち》を指差す。

セルゲイの部下の剣は皮を破り骨を砕き、その奥にあった心臓に届いた。どれだけの激痛だったか。絶命する瞬間、何を考えていたか。イヴは己が体験した死を淡々とセルゲイに語って聞かせた。

「あなたがわたしの脈を確かめたとき、ちゃんと止まっていたでしょう?」

「そうだ、止まっていた! ……確かにっ! どうして……まさか、別人か⁉」

セルゲイの姿は滑稽だった。怯え、目を見開き、ガタガタと震えている。

目の前のセルゲイを見ていると、それだけで胸がすく思いだった。もちろん、これだけでユリウスの大切な家族を奪ったことを帳消しにはできないけれど。

もしもユリウスの両親が今も生きていたならば、ユリウスたちにはもっと別の未来があったはずだ。セルゲイにもその娘にも悩まされず、もっと人生を謳歌《おうか》できたはず。

イヴはユリウスを想い微笑みながら、セルゲイの問いに答えを与える。

「残念ながら、本人よ。本当にわたしは蘇ったの。だってわたしは――」

「そこまで」

魔女だから、と続くはずの言葉を止めたのは、ユリウス。意図したことかはわからない。

「閣下、ようやく罪を認めましたね。早く吐いてしまっていれば、こんな惨めな姿を晒さずにすんだものを」

ユリウスはセルゲイと向かい合ったまま、イヴの手を引き騒動の中心から遠ざけた。

その後すぐに彼は人の中に戻っていったが、イヴの出番はこれで終わり。目が合ったパーヴェルは、イヴを称えるように深く頷いてみせた。それにより、イヴの緊張もとたんに緩む。

心臓がバクバクと音を立て、体中から汗が噴き出した。

――やったわ。やってやった。……でも、魔女なのに、こんな大胆で出すぎた真似を。

部屋の隅に置かれた椅子に腰掛けながら、イヴは達成感を味わうとともに湧き起こる葛藤と戦っていた。

本来ならば日陰者であるはずの魔女が、表に出ていいのか。でも、本当に王妃になるのなら、将来的にはもっと出ていくことになる。本当に許されるのか。本当に……。考えがまとまらない中で、イヴはなおも続くユリウスとセルゲイのやり取りに耳を傾ける。

「罪状が固まり次第、あなた方は裁判にかけられるでしょう。本来ならばあなたのことは私が殺してやりたいくらいだが……あなたと同じところに堕ちたくはないんだ」

復讐を決意してもなお、判断力を失わなかったユリウスは正しい。しかし、その選択――処罰の沙汰を法に委ねること――がどれだけ辛かったことか。

「……そうだ。貴様の言う通り、確かに余が国王を殺した！　容赦なく、この手で！　だが、余はいい為政者だった！」

セルゲイはもう誤魔化しきれないと思ったのか、一転して開き直った。けれどもそのひどい言い分に、イヴは目眩を覚えた。

「すべて余の手柄ぞ！　余が大公となったおかげで国は力をつけ、国民の生活もずいぶん豊かになったのだ！　国王が死に三十年が近い今、そんな昔のことを掘り返してどうなる!?　余の功績の偉大さを鑑みれば、罪は帳消しにされてしかるべきだと思わぬか！」

もちろん、ユリウスは付け入る隙など見せたりしない。

「酌量してほしいのなら、今おっしゃったことを法廷で陪審員たちに訴えてはいかがですか。もしも私が陪審員なら、関係なく厳罰を望みますけどね」

ユリウスは淡々としているが、その心情を慮るとイヴは辛くてたまらない。

彼の大切な家族を奪った男――大公――は、己の行いを反省するどころか、正当化しようとする有様。どれだけ他人を踏みにじるつもりか。

一方で、そんな非道な相手にもユリウスは敬語を用い人としての礼儀を忘れない。

イヴは胸がつきんと痛んだ。

ユリウスの紳士的な振る舞いは、イヴがもっとも愛するところ。ユリウスは、陰の努力や苦悩など、おくびにも出さず誰に対しても完璧な姿で接しようとする。そんな彼が途方もなく愛しくなって、胸が苦しくてたまらなかった。

「パーヴェル、お前ならわかってくれるなっ!?　お前にはずっとよくしてやったぞ！　お前のところの武器だって、国庫金で山ほど買い上げてやったではないかっ」

ユリウスがだめだとわかったセルゲイは、次はパーヴェルに助けを求めた。

「恩着せがましく言うのは、やめていただけますかな。貴殿はさんざん値切ったあげく、『この値に納得できないならば、アルスハイルへの税を倍にする』と儂を脅したではありませんか」

ところが、もはや誰もセルゲイの肩を持とうとはしない。むしろパーヴェルもセルゲイを激しく憎んでいる者の一人だ。

「貴殿は国王陛下だけではなく、王妃陛下やまだ幼かった王女殿下まで、己の欲のために手をかけたのですよ。それだけではない、あなたに消された友人は数知れず、……愛娘も。貴殿、いや、お前は、儂の娘まで殺したんだ……っ！　何が『よくしてやった』だ!?　儂にとってはお前が諸悪の根源だ！」

パーヴェルが涙に声を震わせているのを聞き、イヴはとっさに立ち上がった。

セルゲイは狂っている。いくら道理を説いたところで、彼に懺悔《ざんげ》をさせることは不可能。苦しむのは結局ユリウスたちなのだ。だからもう、ユリウスにもパーヴェルにも、セルゲイの言葉に耳を傾けてほしくなかった。

イヴがユリウスに駆け寄ろうとしたとき、ユリウスもまたイヴを求めて憲兵の輪から出てきたところだった。疲れの滲む顔だったが、イヴを見つけてほっとしたような表情になったユリウスに、イヴもまた安堵した。

ところが、ユリウスに声をかける前に、甲高い声が部屋に響く。

「いい加減、放しなさいっ！　いつまでわたくしに触れているの、処刑されたいの!?」

声の主はモーティシア。腕を拘束していた憲兵を振り払って立ち上がると、イヴのそばにいるユリウスに嬉々として話しかける。

「ねえユリウス、あなた、王家の生き残りだったの？　わたくしのお父さまに代わって即位するって、本当？」

「……ええ、そうですよ」

ユリウスの手がイヴの腰に回った。心配しないで、と落ち着かせようとしているようにも感じるが、目の前に立つモーティシアの存在にイヴはとてもハラハラしていた。

「ならば、あなたの婚約者であるわたくしは、これから王妃になるのよねっ!?」

両手を合わせ頬を上気させ、嬉しそうに珍問を発するモーティシア。この状況でよくそんなことが言い出せるわねと、イヴは気が遠くなりそうだった。

そのうち、モーティシアは気づいた。白けた空気と渋面の憲兵たち。そして、ユリウスと寄り添うイヴの存在に。

「……あら、その薄汚い女は誰？　わたくしのユリウスから離れなさいよ、無礼者！」

モーティシアのきつい性格は、ユリウスやメイドから聞いて知っていた。だとしても、面と向かって「薄汚い」と評されては、ユリウスには相応しくないという事実を突きつけられているようで、自分もうすうす勘づいていただけに衝撃を受け萎縮してしまう。

そんな様子に気づいてか、ユリウスはイヴの肩を優しく抱き寄せた。

「な……ユリウス？　何をしているの？　あなたはわたくしの——」

ユリウスはモーティシアの発言を無視し、イヴのために堂々と言い放つ。

「私が愛しているのは、この女性だけだ。あなたとの婚約は大公廃位を優位に進めるための偽装でしかなかったし、それもすでに破談ずみです。式典のさなか、あなたのお父上が『娘との婚約もなしだ』とおっしゃったではありませんか」

彼の言葉には嘘こそないが、内容は辛辣《しんらつ》で容赦がない。

ユリウスはイヴにだけ「さあ行こうか」と笑顔を向け、仲の良さをモーティシアに見せつけながら二人連れ立って退室しようとする。取りつく島もなく、これまで享受してきたものすべて失ったことを今になってようやく悟ったモーティシアは、大声を上げて悔しそうに泣き崩れていた。

第六章　ネクロフィリアの若き国王

王位奪還から半月。

大公は投獄され裁きを待ち、大公の妻とその娘はそれぞれ王宮の隅にある塔に幽閉されていた。

一方、ユリウスはというと、主《あるじ》のいなくなった王宮に、新たな国王として早く移り住むよう再三に渡り催促されていた。統率者としてのユリウスの能力はすでに貴族たちの認めるところであったし、何より彼はアルトゥール前国王によく似ていた。

彼の母アナスタシアが父親不明の子を産んだときから、ユリウスは国王の隠し子ではないかと囁かれていた。髪や瞳の色はもちろん、成長するにしたがって顔つきや背格好どころか仕草までますます国王に似ていく有様で、噂はずっと消えることがなかった。

パーヴェルが噂の真偽に触れることは一度もなく、周囲も表立っては騒がなかったが、セルゲイ大公による圧政が行われる中で、人々はユリウスにこっそり期待を寄せていたのかもしれない。だからこそユリウスが新王を名乗っても拒絶する者は少なく、ユリウス自身が思っていた以上に温かく歓迎されたのだった。


「おかえりなさい、ユリウス。……大丈夫？　疲れが見えるわ」

ここ数日、ユリウスの帰邸は深夜に及んでいた。時には日付が変わることもあり、いくら働き盛りの男とはいえ、少しやつれが見える姿にイヴは心配していた。

出迎えたイヴを抱きしめて、ユリウスはいつも通り額にちゅっと優しくキスをする。

「ありがとう、でも何も問題はないよ。即位にあたって細々と取り決めることがあって、今日は特に忙しかったんだ」

ユリウスはまだ、ハルヴァート邸で暮らしていた。王宮に居を構えるにあたり、大公家族の私物の撤去や修繕など、すませるべきことが残っていたからだ。

「この国の王になるのだもの、大変なのはわかっているけど、無理はしないでね」

「うん、でも、来週には王宮へ移れそうだ。もちろんイヴ、あなたも一緒に」

「わたしも……？」

〝王妃〟という重責がいざ目の前に迫ったとき、イヴは再び思い悩むようになった。

本当に、魔女の自分が一国の王妃になってもいいのか。許されることなのか。寿命も違うユリウスに、いつか放り出されないだろうか。自分のせいでユリウスに、何らかの不利益が生じないだろうか――。

一言で語り尽くせるものではなかった。何もかもが不安で、いっそ森に戻って、以前のように一人で暮らすほうが楽なのではないかという考えが頭を過ることすらあった。

「王となっても、その隣にはイヴを望む。その思いに変わりはない」

イヴが魔女だろうが気にしない、愛している。一緒に幸せになろう。

ユリウスは以前、そう告げてくれた。イヴもその言葉を信じたからこそ、ユリウスに身も心も開き、彼と共にいるのだ。――そのはずだった。

「楽しみにしていて。調度品も家具も寝具も何もかも、あなたを想って選んだ。きっと気に入るはずだから」

「……………ええ。楽しみにしているわ」

言葉と感情がちぐはぐなままなのに、イヴはそれをどうすることもできずにいた。未来への希望で満ち溢れているユリウスに、この後ろ向きな葛藤をどう打ち明ければいいかわからなかった。

＊　＊　＊

時間はあっという間に過ぎ、予定通り二人は王宮へ移り住むこととなった。

戴冠式はこれからなのに、ユリウスはすでに王としての執務をこなしていた。あまりの忙しさにイヴですらゆっくり彼と語らう時間が取れず、またそれがパーヴェルならば、なおさら。

王宮へ発つ見送りの席で、パーヴェルは馬車に乗り込むユリウスに何か言いたげな表情をしていた。イヴはパーヴェルが伝えんとする内容を直接聞いて知っていたが、おそらくユリウスは知らない。知っていたら、一悶着起きていたはずだ。

馬車が王宮に到着してすぐ、ユリウスはイヴを最奥の棟へと連れて行った。ユリウスが壁紙から仔細に渡りこだわったという、二人の新居となる場所だ。

「どう？　新しい我が家は気に入った？」

あまりにも広すぎる寝室。濃紺を基調としたカーテンと寝台のリネン、壁紙。床はそれらよりも淡く、部屋全体としてほどよい明度を保っている。

「王と王妃は寝室を分けるのが慣例らしいけど、イヴとできるだけ一緒にいたかったから、壁を取り払ってひとつの部屋にしてみたんだ」

ユリウスの愛が散りばめられた部屋。現実味がなくて、イヴはまだ声が出せない。

家具も調度品も急遽用意したにしては部屋の雰囲気とよく調和しており、ユリウスがどれだけ心を砕いて探してきたのかを思わせた。

鏡台の椅子の背柱の曲線をなぞり、壁やカーテンなど至る所にあしらわれた金糸の美しさに目を奪われながら、イヴは感想を絞り出す。

「こんなに素敵なお部屋……わたしにはもったいないくらいだわ」

ユリウスの笑顔が固まったので、イヴは慌てて付け加える。

「嫌じゃないわ。ただ、想像以上だったから驚いただけなの。気に入ったわ、もちろん」

「……よかった。イヴならきっとそう言ってくれると思っていた」

好意的な感想を具体的に補足してようやく、ユリウスは納得したみたいだ。イヴがホッと一息ついていると、すかさず腰に手を回した。

「イヴの空色の瞳に合わせて、部屋の色も寒色で統一したんだよ」

ユリウスから愛されていることをイヴも嫌というほどわかっていたが、己の色を至る所に使われるというのは、どことなくくすぐったい。照れ隠しに笑ってみせた。

「ちょっと……やりすぎじゃない？」

「どこが？　私は大満足だよ。イヴは肌が白いから、この寝台に横になったら色の対比が美しいだろうなと、幾度となく夢想した。それが近々ようやく試せるんだ、嬉しいったらないね」

「もう、ユリウスったら」

いつも冷静沈着で、大公廃位の際もそれを保っていたユリウス。それが今ではこの有様。頬がニヤけ、目もトロンと垂れ下がっている。誰が見ても有頂天だとわかるはず。

「……ねぇユリウス。本当にわたし、……このまま王妃になっていいの？」

「当然だよ！　イヴは――」

ところが、ユリウスが答え切るのを待たず、背後から侍従長の咳払いが聞こえた。

「お取り込み中のところ失礼いたします、陛下。次の予定が控えております」

明日の即位式を前に、衣装の最終確認があると侍従長は二人を促す。

「それは一大事だ。イヴ、行こう」

話の続きはまた今度、と後回しにされながら、「今度」が来ないまま忘れ去られてしまうことを、イヴはうっすら予期していた。

すでにとっぷり夜も更け、起きている者のほうが珍しいくらいの時刻。イヴはなかなか眠れなかった。心がざわざわして、落ち着かなかったのだ。

実は数日前、まだハルヴァート邸で暮らしていたころ、ユリウスの不在時を見計らってパーヴェルがイヴの元を訪ねてきたことがあった。

「お前さんは魔女だ。ユリウスの輝かしい未来に、人外の化け物は不要。儂の孫を大切に思っているのなら、魔女としての分を弁《わきま》えてくれないか」

パーヴェルはそう言って、イヴに身を引くことを迫ったのだ。

ユリウスが王家の血を引いていることを明かされたあの日、イヴは狼狽えながらも、ユリウスを信じて〝王妃〟というものを前向きに考えようとした。

確かに自分は魔女であるが、ユリウスとならばそんな障害も越えていける気がしていたし、何より、ユリウスと一緒にいたかったからだ。

イヴはパーヴェルに精一杯反論した。ユリウスは自分を求めている、と。しかしパーヴェルは意に介さない。

「ユリウスは今、お前さんの魔力にあてられて正常な判断ができなくなっているだけだ。ユリウスを愛しているのなら、身を引け。頼むから、後生だから、ユリウスの前から去ってくれ。これは儂だけじゃない、国民の総意だ」

パーヴェルに強く拒絶され、イヴは目の前が真っ暗になった。同時に、魔女でありながらユリウスのそばにいるという罪悪感が、どこからともなく湧いてくる。

ユリウスと離れ、また寂しく一人で生きていかなくてはならないのか。

そんな後ろ向きの思いは振りきりたかったが、イヴにはパーヴェルの気持ちもよく理解できた。魔女が王妃になるなんて前代未聞の珍事だし、国民から顰蹙《ひんしゅく》を買うことだって容易に推測できたからだ。


「……ユリウス」

隣で眠る愛しい男に、イヴがそっと声をかけた。

「なに、イヴ」

ユリウスからはすでに規則的な寝息が聞こえていた。だから返事などもらえないものと思っていたのだが、ユリウスは起きていた。

少しだけ眠そうな声で返事をして、うっすらと目を開けイヴを見た。

カーテンの隙間から漏れる月明かりが、ユリウスの顔をぼんやりと照らしている。はっきりとは見えないけれど、暗いからこそ深い陰影が神秘的にすら思えて、あまりの美しさにイヴの口からため息が漏れた。

そしてイヴは思い直す。

ユリウスは賢く、愚かではない。イヴという魔女の存在が彼自身や国王という地位にどう影響を及ぼすか、彼が想見《そうけん》していないわけがない。すべて考え抜いたうえで、自分を求めてくれたのだと。イヴはそう思った。……思いたかった。

「……なんでもないわ。おやすみ」

「おやすみ」

上掛けの中で、彼の手を探り握った。温かい手はすぐさま握り返してくれ、その温もりを拠り所にしながら、イヴも目を閉じ眠りについた。

＊　＊　＊

新国王ユリウスの姿は、戴冠式で貴族たちに披露された。前国王と重なる姿に目頭を熱くする者さえいたと、興奮冷めやらぬ様子の侍女が語って聞かせてくれた。

イヴは式のあとのバルコニーデビューの際に、新王の婚約者として大々的に紹介されることになっていた。

「イヴ、待たせたね。さあ行こう」

いよいよ出番だとばかりに、控え室で待っていたイヴを直々にユリウスが迎えに来た。たくさんの宝石で輝く王冠と、床を引きずるほど長く豪華な毛皮のマント。ユリウスは重量のありそうな装いをものともせず、涼しげな笑顔でイヴに手を差し出す。

婚約者という立場のイヴは、ユリウスと対をなす王冠もマントも持たない。その代わり、純白のドレスにケープという、品のある清楚な装いで臨《のぞ》んでいた。美しい金髪は後頭部で編み込みにして、真珠とともに生花を飾った。

「イヴ……とても綺麗だ。きっとみんな、あなたのことを歓迎してくれるだろう」

ユリウスの手を取ろうとしたが、緊張と不安と迷いからかその動きはぎこちない。そんなイヴの様子にユリウスがはにかむ。

「もしかして、躊躇っている？　いまさら『ナシに』なんて言わせないから。ほら、皆が待ってる」

「……わかってるわ」

イヴはユリウスの隣にいたかった。ユリウスを愛し、ユリウスに愛されたい。叶うならば周囲の人にも祝福してほしかった。

しかしユリウス唯一の肉親であるパーヴェルから放たれた言葉が、呪《のろ》いのように頭の中をグルグル回りイヴをずっと苛《さいな》んでいた。

もちろん、臆病なイヴがユリウスに相談できるわけもなく、また時間もなかった。

「……はは、イヴが婚約者だと公表できることが嬉しくてたまらない。正直、空も飛べそうなくらい舞い上がっている」

イヴは苦笑した。ユリウスは嬉々として、童心に返ったようなはしゃぎ具合だ。

「行こう。国民皆が待っている」

ユリウスの腕に手を重ね、控室から二人連れ添って廊下へ出る。ここを進めばバルコニーに行き着き、庭で待つ人々に婚約者として姿を見せることになる。

「今日のイヴはいつにも増して美しい。胸が高鳴って苦しいよ。誰にも見せたくない、いっそあなたを箱に入れて隠していた頃が懐かしい」

イヴは怖気づいていた。一歩進むごとに胸を高鳴らせるユリウスと、同じだけの気持ちで歩を進めることができない自分が歯痒い。

普段通りのユリウスなら、イヴがただ緊張しているだけではないことに気づけただろう。

「ゆっくりできる時間があればよかったのだけど。この慌ただしさが落ち着くのはいつになることやら……。落ち着いた暁には、視察と称して色んなところへあなたと旅行に行きたいな。アルスハイルに帰ってもいい。あそこも広いから楽しめるところはたくさんある」

　ユリウスは共に生きる未来を語る。高揚感から普段よりも饒舌《じょうぜつ》になっているようだ。見ていられないくらいに眩しくて、それが余計にイヴに引け目を感じさせてしまう。

　浮かれすぎだと思う反面、ユリウスの前向きな気持ちは清々しくて眩しかった。

「それから、イヴ。私が王であろうとなかろうと、あなたが欲しているものを私は必ず用意する。きっと。この長い人生、あなたにとっては短いのかもしれないが――」

　ユリウスに見つめられ、作り笑いで本心を隠した。しかし彼の視線が外れた隙にイヴはこっそりため息を吐き、そのときふと、ユリウスの背後で動く何かを察知する。

　柱の陰からふらりと現れた人影。その両手にしっかり握られた、鈍く光るもの――

「ユリウス……っ！」

「イヴ？　どうし――」

　考えている暇などなかった。完全な反射的行動だった。

　衛兵の誰よりも、真っ先に気づいたのはイヴだった。ユリウスを押し除け、彼とその人影との間にイヴは体を滑り込ませた。

　ドン、という衝撃とともに、イヴの体に熱い痛みが走る。

「お前は……モーティシア!?」

ユリウスの慌てる声が耳に入った。同時に、イヴは状況を理解した。

大公の娘であり、一時はユリウスの婚約者だったモーティシア。彼女がユリウスを襲おうとしたのだ。

「なぜここに……塔を抜け出したのか!?」

ユリウスはすぐさま衛兵にモーティシアを確保させた。多数の衛兵が取り囲んで押さえつけ、あたりは物々しい雰囲気に包まれる。ただ一人、イヴはそれどころではなかった。

熱い痛みを感じた場所——脇腹——には、未知の違和感があった。手を伸ばすと硬いものに当たった。そして、それが刃物の柄で、己の腹に突き刺さっていることをイヴは遅れて理解した。

見れば、純白のドレスが血の色に染まり始めている。

「……イヴ」

ユリウスが声を掛けた。彼はイヴの背後にいたから、刺されたところは見ていない。

だが、その声色は恐ろしいものを予期しているように震えていた。

「ユリウス」

呼応するようにイヴも振り向く。大したことじゃないわ、と強がりたかったが、無理がある。何より、イヴ自身が誰よりも、この傷の深刻さを正確に把握していた。

　ユリウスはイヴの腹に目を落とし、無慈悲な現実に色を失う。ほんのさっきまで興奮に頬を赤く染めていたにも拘らず、今ではすっかりその逆だ。

　血とともに命が溢れていく感覚を、イヴは静かに受け止めていた。あと何回、この心臓は鼓動を続けてくれるだろうか。ユリウスのことで色々悩んでいたけれど、こんなに早く死ぬのなら、開き直ってもっと楽しめばよかった。

　心臓の鼓動がうるさかった。あまりの音の大きさに気分が悪くなっていき、イヴは膝から頽《くずお》れる。

「イヴ、大丈夫だ、このままじっとしていよう。……きっと治る、侍従が医師を呼んできてくれるから！」

　ユリウスはイヴを抱きとめて、励ます言葉をかけてくれた。頭に載せた王冠が落ちようとも、ユリウスは気にしない。最期の瞬間まで優しくあろうとする彼のことが愛しくて、イヴは嬉しさに涙を滲ませる。

　ところが、わずかな時間にすら邪魔が入ってしまう。

「ち、違うのよ。わたくしはこんな女ではなくて、ユリウスを刺そうと、ちょっと困らせようと……わたくしは悪くないわ、この女が邪魔をしたのよ！」

　モーティシアが錯乱しながら弁解を始めた。彼女の身勝手な主張によれば、これはまったくの事故だという。

「わたくしは大公セルゲイ・チペラの娘、神に最も近い公女よ！　あんな粗末な塔に閉じ込めていい身分の人間ではないわ！　……どれもこれも、ユリウスのせい！　ユリウスが余計なことをしなければ、みなが平和でいられた！　その女だって死なずにすんだのよっ！」

「……うるさい、イヴは死んでない」

出血の量からユリウスもイヴの死を感じ取っていたはずだ。でもきっと認めたくなかったのだろう、イヴから視線を逸らさぬまま、モーティシアの言葉を否定した。

——ユリウス、ごめんなさい。

イヴは心の中で呟いた。

死んではいないが、死にかけている。しかも、別れの時は近い。せっかく愛してくれたのに、こんな結果となったことをひたすら申し訳なく思った。

「わたくしに触れるな！　わたくしをどこへ……ユリウスっ、なんとかおっしゃいなさいよ！　ひどいわ、殺してやるっ！　今度こそ——」

断末魔のような醜い声を廊下に響かせながら、モーティシアが連行されていく。そしてユリウスと、大量の血を流すイヴが残された。

「……大丈夫、もうそろそろ医師が到着するから。イヴ、絶対に助けるから」

刺されたところは焼けたように熱く、四肢は痺れて力が抜けていく。

イヴはユリウスを見上げ、すべてを受け入れて微笑んだ。

「無理よ、こんなに血が出ているんだもの、助からないわ」

「そんなことない！　イヴ、諦めたらだめだ」

「いいえ。……わかるの。もう無理よ、わたしは死ぬわ」

命が消えていく音。死が這い寄る音。イヴには確かに聞こえていた。

「……そうだ、イヴ、前と同じように蘇生の魔法をかけるんだ！　そうすれば死んだって問題ないだろう？　私が必ず、あなたを無事に生き返らせてあげるから」

ユリウスなら言うと思った。蘇生を望むだろうと。だが、イヴは拒否することに決めていた。

「その魔法はもう使わないことにしたの。だから、あなたとはここでお別れよ」

かつてイヴはユリウスに嘘を吐いた。蘇生するためには魔法が必要だと言った。

しかし正しくは違う。魔法なんてかけなくても、イヴは蘇生することができる。

嘘を吐いたことを、イヴは後悔していなかった。むしろそれでよかったと、胸を張って思えた。

「イヴ？　何を言っているんだ、魔法をかけろ」

「いやよ。答えが出たの。わたしが間違っていた、こうなることは運命だった。……わたしは思い知ったのよ」

いくら蘇生を繰り返しても、イヴが魔女だということは決して変えられない事実だ。この先も魔女の自分がユリウスの隣にいることをよく思わない人がいて、己もまた苦悩するくらいなら、いっそ眠り続けるほうがいい。

イヴはそう考えたのだ。

「あなたと一緒にいた時間は、これまで過ごしたどの時間よりも充実していたわ。つい、幸せな未来も夢想した。あなたと一緒に暮らしてみたかった。……でも、やっぱり、わたしが見ていい夢ではなかった」

目が霞み、体の痛みも引いてきた。いよいよだ、とイヴは悟る。

「……祖父か？　祖父があなたに何か言ったのか？」

──もしもわたしが魔女でなかったら。

そんな仮定がイヴの頭を過るが、残念ながら魔女であることは変えられない。

「パーヴェルは……正しいわ。だからあの人を憎まないで。あなたの家族でしょう？　わたしがいくら欲しても、得ることのできなかった、家族」

瞼が重く、落ちていく。苦しみの結末にやってくる、浮かぶような開放感。

「パーヴェルに諌《いさ》められたときに身を引いておけばよかった。でも、今の今まで退かなかったからこそ、あなたを守れたのかもしれない……」

「だめだイヴ、目を開けて。弱気になるな、諦めるな！」

肉体的な苦痛はなかった。今度こそ、死を受け入れるつもりだった。

「いいの、わたしは満足よ。薬の行方はわかったし、あなたとの生活も楽しかった。早く、いいお妃さまをお迎えになって。……あなたの……ご治世に……幸せが――」

「嫌だ、イヴ、私を置いていくな！　イヴ、お願いだから――っ！」

亡骸《なきがら》を抱きしめ、自身も血だらけになりながら嘆き叫ぶユリウスを見るのは、イヴもとても辛かった。これが最後の抱擁になることも、名残惜しく耐えがたい。

けれどいまさらどうにもしない。それがイヴの選択だった。

ユリウスも、辛い時期を過ぎてしまえばきっとまた前向きになれるはず。イヴはそう考えるしかなかった。

バルコニーデビューは中止。イヴが死んだから当然だ。

イヴの遺体はユリウスの希望により、王宮最奥の棟――新婚生活が始まるはずだった場所――の中庭に埋葬された。王の寝室に隣接した場所で、この場所選びはユリウスの希望による。

イヴの棺の内側には、ユリウスがたくさんの花の絵を彫らせた。眠るイヴが退屈しないようにとの計らいだ。

死化粧を施し、ドレスはもちろんアクセサリーもすべて完璧に身に纏わせてから納棺するあたり、ユリウスの愛の甚《はなは》だしさを感じてイヴは苦笑せずにはいられなかった。

「イヴ……ごめん。それでも、私はあなたでないとダメなんだ……」

埋葬される直前になっても、ユリウスはイヴの死を受け入れられない様子だった。

——ユリウスがパーヴェルを逆恨みしていないといいのだけれど。わたしのことなど早く忘れて、他のまっとうな女性と愛を育んでほしい……。

死んだというのにイヴの心配事は減らない。まるでユリウスの母親のようだと棺の中で自嘲しながら、そういえば彼はマザコンだったと複雑な気分になったりもした。

イヴのユリウスとの生活はおよそ半年で幕を閉じたが、彼に情が移るには十分な時間だった。身も心も通じ合ったのは決して錯覚などではなく、真実。

それだけでイヴは満足だった。もう何も望まない。思い出だけでイヴは胸がいっぱいだった。

イヴは最後にひとつだけ、棺の中から祈ることにした。

——どうかユリウスの治世が、穏やかでありますように。

もう自分は役目を終えた存在だ。ユリウスが幸せになって、周囲の人も幸せになればそれでいい。イヴはそう考えて、終わりのない眠りを受け入れた。

＊＊＊

ユリウスが国王となり、まもなく三年が経過しようとしていた。

彼は良き王だった。決断力と折衝能力に優れ、国は以前よりも活気づいた。

しかしながら、二十九歳の国王は未だ独身を貫いていた。

国内の貴族どころか、諸外国からも縁談がひっきりなしに届いていたが、ユリウスは頑として首を縦には振らなかった。

彼の心の中にはまだ、かつての恋人イヴがいたからだ。

イヴは約三年前、ユリウス国王即位の誇らしき日に殺された。深く強く愛していた女性を失ったユリウスは、たいそう心を痛めた。ところが、国王の落胆ぶりを側近たちが心配したのも束の間、すぐにユリウスは立ち直り、王としての仕事に邁進した。

そして、今日、即位三周年を翌日に控えた夜。

　ユリウスは一人中庭に佇《たたず》んでいた。その手には、腰ほどの丈の円匙《ショベル》がひとつ。イヴを埋葬した場所はイラクサとクローバーに覆われていた。ユリウスはそれらをしばらく見つめたあと、円匙を勢いよく地面に突き刺した。

　ザク、と土にめり込む音。足掛けに足を乗せて体重を掛け、刃先を土にめり込ませる。柄を手前に倒すと円匙面に土が乗るので、後ろへ放る。その動作を繰り返していくことで次第に茶色い土が露出し、とうとう刃先が硬いものに当たって止まった。

　ユリウスは地面に膝をつき、両手を使ってさらに掘り返していった。

　時刻は真夜中。一心不乱に墓を掘り返すユリウスの姿は、異常というほかなかった。

　そしてとうとうイヴの入った棺の全容が、月の下に晒される。

　抱きつくように両手で棺の蓋を摑み、力任せに引っ張ると、ゆっくりだが蓋が持ち上がる感触を得る。少しできた隙間に指を引っ掛けて、さらにユリウスは引っ張った。

「……思った通りだ」

　中で眠るイヴの姿は、三年前に埋葬したときとまったく変わっていなかった。皮膚も髪もまるで生きているかのように張りと艶を維持しており、死臭が漂う様子もない。

　ユリウスは嬉しさのあまり、今にも高らかに笑い出したい気分だった。だが、時刻は真夜中。衛兵に見つかれば乱心したと誤解を受けてしまうだろう。

蓋を地面に転がしたあと、ユリウスは一度室内へ戻った。泥だらけの手を洗い流し綺麗に清めるためである。手を洗い、泥で汚れたガウンを脱ぎ捨て、軽装のまま庭へと戻った。

そして棺からイヴを抱き上げ寝室へと運び、恭《うやうや》しく寝台に寝かせる。横たわるイヴの隣に腰掛け髪の乱れを直し、両手を腹の上で交差させ美しく整えてあげてから、ユリウスは穏やかに語りかけた。

「イヴ。……あなたは確かに死んでいるが、この瞬間も私の声が聞こえているんだろう？」

イヴの体は冷たかった。もちろん、返事もない。

「あのとき、イヴは何かに悩んでいたね。戴冠式の前夜も、私を起こして何か打ち明けようとしていた。でも、私はイヴの合図を見落としてしまっていたんだ。だからあなたは運命のせいにして死を受け入れようとしたし、実際に私と生きることを拒んだ」

ユリウスは過去を悔いていた。「身を退《ひ》け」と言ったのはパーヴェルだったが、イヴが実際に死を選んでしまった原因は己にあると、ユリウスはイヴに懺悔《ざんげ》する。

「イヴを失った後で、私はひどく落ち込んだ。イヴは私が殺したようなものじゃないかと。……挽回したかった。あなたに誠意を示したかった。だから、他にも何か見逃していることがないか、イヴとの出会いから死に物狂いで回想した。魔女についても調べもした。……そして気づいたんだ」

頬を撫でた。イヴ、と呼びかけるその口調は、彼女が生きていたときと変わらない。

「本当は『蘇生の魔法』なんて存在しないんだろう？　何度死んでも、イヴは何度だって生き返れる。なんなら、今すぐにだって」

以前イヴが生き返ったとき、彼女はユリウスに『蘇生の魔法をかけていたから生き返ることができた』と説明していた。蘇生の魔法があるのなら、その魔法を使わなければイヴは蘇生することができないはず。

しかしその後、パーヴェルには『わたしの意思なんて関係なく、協力者がいれば何度だって蘇ることができる』と言った。つまり、イヴの言葉には矛盾が生じる。

「そこで私は考えたんだ。私に言った『蘇生の魔法』の話は嘘で、祖父に言った内容こそが真実ではないのかと。魔女が己の能力を隠すことは身を守るためによくあることだと文献で読んだ。けれど、あのときのイヴは祖父にあらぬ疑いをかけられ、剣を向けられて焦っていた。そんな場面でスラスラ嘘が吐ける者はそういないし、イヴがあの場で嘘をつく必要もなかったはずだ」

もっとも、それがどれだけユリウスに都合のいい筋書きになっているかは、誰よりも彼自身がよく理解していた。この三年、もしかしたらイヴは棺の中で腐っており、どうやっても生き返らないのではないかという、暗澹《あんたん》たる思いに支配されそうになったことも幾度もあった。

だが、棺を開けて美しいままのイヴを見たとき、ユリウスは確信したのだ。自分の考えに間違いはなかったのだ、と。

「イヴ。目覚めの時間だ」

ユリウスは顔を近づけ、イヴの冷たい唇にそっと口づけを落とす。

「さあイヴ、起きて」

キスのあとどれだけの時間を待てばイヴが目を覚ますのか、ユリウスは知らない。

「……お願いだ。あまり私を待たせないでくれ」

不安になり、念のためと何度もキスを繰り返す。イヴの体に再び血が回り体温が上昇してきたらすぐに気づけるよう、ユリウスは彼女の頬に手のひらを当てていた。

けれども、五分待っても十分待っても、イヴの体に変化はない。

何か手順を誤ったのではないか、まだ何か重大なことを見逃しているのではないか。

そんな不安に駆られ、たまらずユリウスは彼女の胸に顔を押しつけた。涙があふれそうになる目を閉じ、イヴの目覚めを心から祈った。

「イヴ……あなたが必要なんだ。あなたがいないと、私は――」

そのときヒュッと息を呑む音が聞こえ、胸骨がググッと動くのを感じた。弾かれたように顔を上げると、イヴの瞼がゆっくり開くところだった。

眠たそうに数回瞬きをしたのち、ユリウスの手にイヴの手が重ねられた。そして、涙で頬を濡らすユリウスを見て、少女のようにクスリと笑った。

「蘇生の魔法が作り話だったこと、黙っておいてよかったと思っていたのに」

この期に及んでまだそんなことを……と、ユリウスは身の内で持て余している感情のままにイヴの体を掻き抱いた。

「よくない！　どうして……危うく、あなたを永遠に失うところだった！　どうしてあなたはいつもいつも、私から去ろうと――」

相思相愛のはずなのに、イヴはすぐに怖気づく。よく言えば控えめ、悪く言えば臆病。イヴのそんな性格がもどかしくて激しい口調で責め立てようとしたところで、ユリウスは我に返る。イヴを抱きしめる力を緩め、深呼吸をして心を落ち着かせた。

「――いや、あなたを責めたいわけじゃない。私が悪かったんだ。ごめん。イヴが悩んでいることに気づけなかったのも、祖父がイヴに身を退くよう説得するなどと考えてなかったのも私。イヴを何より大切にしていたつもりだったが、結局のところ私は自分本意でしかなかったのかもしれない」

ユリウスが懺悔《ざんげ》した内容を、イヴは怒りも責めもしない。

「そんなことないわ。ユリウスはわたしをとても大切にしてくれたじゃない。あなたと一緒に過ごせて、とても楽しかったわ」

ユリウスの手を借り、イヴは体を起こした。

眠っていたのは三年。

関節が軋み筋肉も動きがぎこちなく、滑らかとは言い難い。以前眠っていたときに比べれば十分の一程度の時間だが、体が硬くなるのは仕方がないことのようだ。違和感の残る手を、ユリウスがマッサージするように丹念に撫でている。

ユリウスにまた起こされるなど、イヴは思ってもいなかった。蘇生のからくりを話してしまっていたことも、イヴは気づいてもいなかった。

いまさら起こされたところで……と厭世《えんせい》に思う一方で、再びユリウスに会えた喜びに心が満たされていくことに、イヴ自身激しく戸惑った。

ユリウスはイヴを見つめ、次の言葉を待っている。わくわくして、幸せそうだ。

そんなユリウスを見ていたら、イヴは冷静でいられなくなった。動悸がして、涙がこみ上げ、顔の筋肉が引きつっていった。

「……ユリウス、どうしてわたしを起こしたの？　わたしは死んでいたかった。起こされたくなんかなかった！」

目の前にいるユリウスは、驚きに目を見開いている。その表情はまるで傷ついているようで、余計にイヴは心が荒れた。

涙とともにユリウスを責める言葉が溢れて止まらない。とても抑えられなかった。

「せっかく！　せっかく、自分の気持ちに折り合いをつけたのに！　殺されてやっと、あなたを諦める気持ちになれた。なのに生き返らせられて、また板挟みに苦しめと!?」

「イヴ？　待ってくれ――」

「魔女と人間の恋愛が、許される世だったならよかった。でも、現実は違うのよ」

法律で禁じられているわけではないが、人間は魔女を憎んでいる。たとえユリウスが違っていても、大多数の人間はそうだ。

イヴは自暴自棄になっていた。ユリウスの許《もと》を去り、森に戻ればまた以前のように暮らせた。だが、イヴはもう、ユリウスとの幸せな生活を知ってしまっているのだ。幸福で満ち足りた生活を経験したイヴにはもう、以前の侘しい生活に戻る勇気が湧かなかった。

――認めたくない。でも、認めるしかない。

「……大好きよ、愛してるわ。ユリウスのこと、愛しているに決まってるじゃない！

……でも、わたしがユリウスといることを喜ぶ人は誰もいない。だとしたら、わたしが選べる道は決まってる。あなたを愛しているんだもの。……どうしてくれるの？　ついさっきまではユリウスを感じられる場所で眠れたならばそれでよかったのに、もう、それじゃ満足できなくなってる。あなたが欲しくてたまらない。あなたの心、あなたの体、あなたの未来全部欲しくてたまらない！」

――いっそユリウスに殺してほしかった。ユリウスが殺してくれるなら、それが救いだと受け入れられたのに！

「……イヴ、ありがとう。やっとイヴの本音を聞くことができた」

ユリウスはしみじみと告げ、イヴの頬を拭いながら語る。

「この三年間、私が何もしなかったと思わないでくれ。祖父はもちろん、魔女への国民感情も今ではすっかり変わったよ。イヴは魔女で、それは変えることのできない事実。でも、あなたを王妃として受け入れる用意は、私だけじゃなくこの国にもある」

「……どういう意味？」

そもそも、魔女がここまで忌み嫌われるようになったのは、大昔にいた魔女アビゲイルが元凶だった。アビゲイルは王の家臣を誘惑し、反乱を起こさせ、国を混乱に陥れた。

しかしユリウスによるとその話は、捏造《ねつぞう》されたものだったという。

セルゲイ元大公を捕らえたあと、彼の屋敷を捜索する中で、数代前のセルゲイの先祖が謀反を企《くわだ》てていた記録と当時の日記が発見されたのだ。その結果、謀反は元大公家が主導して計画されたものであり、魔女アビゲイルは無関係で冤罪だった、ということが晴れて証明されたのである。

ユリウスはアビゲイルの名誉を回復させるとともに、イヴを〝奇跡の魔女〟として大々的に讃《たた》えた。魔女イヴは王位簒奪《さんだつ》を目論む家臣に一度は殺されながらも、真実を明らかにするために蘇り、その身を挺《てい》して新王の命を守った。ユリウスはそう報じ、王宮前の大通りにはイヴの像も建てたという。

イヴには信じられなかった。当然、アビゲイルのこともだ。たった三年で世の流れがそこまで変わるものかと疑った。

「もちろん、まだまだやるべきこともある」

「……それは？」

「あなたの復活を祝うことだ。奇跡の魔女イヴは再度復活し、国王ユリウスと結婚する。王妃となったイヴは、国王の傍らに立ち、国の繁栄を見守るんだ」

イヴが善良な魔女か悪い魔女か、それは時が証明してくれる。そしてユリウスは、いい結果を確信しているのだとも告げた。

イヴの頬に涙が伝う。

これまでに流したたくさんの涙ですでに頬には道ができており、ポタポタとドレスに雫が落ちていくつものシミを作った。

「魔女の汚名は返上され、今や国民の処罰感情は元大公家に向かっている。これでもう、イヴの評価も私の評価も魔女如何には左右されない。……他には何が問題？　何が必要かな？　イヴが求めるなら、私はなんだって用意する」

ユリウスが何をどうしたのか、具体的にはわからない。ただ、魔女への偏見をなくしてくれたのは事実のようだ。イヴは驚き、信じられず、同時に嬉しくてたまらなかった。

「愛している」と口で言うのは簡単だが、行動で示すのは難しい。

だというのにユリウスは後者を果たし、全力でイヴを受け入れる体制を整えてくれたのだ。こんなにも尽くしてくれるユリウスを拒む自分が異常に思えてくるくらいだ。

「イヴ、だから……とにかく、もう、なんだってかまわない。あなたのことに関しては、私はなりふりかまっていられないんだ」

これ以上ないというくらい、ユリウスの想いは受け取った。イヴは胸がいっぱいで、気の利いた言葉が出ない代わりに何度も何度も頷いた。

「ありがとう。ユリウス、ありがとう……って、ふふ、変ね、ありがとう」

気持ちが昂りろくな言葉が出てこない。それが逆におかしくて、イヴは小さく笑った。

「愛しているわ。ずっと愛していた。時間も思い出も足りない、もっと一緒にいたいの。思う存分、飽きるほど、あなたと一緒に暮らしたい。……たぶん飽きないけど」

ユリウスほど順序立てて説明することはできなかったが、イヴは自分の言葉で、ずっと溜めていた想いの丈をユリウスにまっすぐにぶつけた。

そして、未だ軋む腕で彼に抱きつく。ユリウスもすぐに両手を広げ、思う存分イヴを抱きしめた。

「イヴ、一緒にいよう。死ぬまで、死んでもあなたを大切にするから！」

ユリウスがイヴの手を取った。頭を下げ、白い手の甲にキスを落とす。

「イヴ、改めて乞うよ。私の妻になってくれ」

もはやイヴに拒む理由などなかった。頬を桃色に染め、素直に応える。

「ええ、喜んで！」

三年ぶりのまともなキスは、四肢の末端にジリジリとした痺れを伴うほどに強烈で、眠っていた欲望を一気に激しく揺り起こした。

体中が燃えた。キスをしながら一糸《いっし》纏《まと》わぬ姿になってもなお、炎は燃え続けていた。

温かく、汗ばみ、拍動を繰り返す肉体。ユリウスから教わった通りに反応する体と、頻繁に溢れるあられもない嬌声。

「……ごめんなさい」

覆いかぶさるユリウスのキスが首筋に移ったので、イヴは謝罪を口にした。

「あなたはいつだってわたしを愛してくれたのに、わたしったら迷ってばかりで……ごめんなさい」

覚悟ができず、したとしてもすぐ揺らぎ、ユリウスをさんざん困らせた。ああすればよかった、こうすればよかったとイヴはたくさん後悔をする。もっとも、後悔先に立たずだけれど。

「もういいんだ、イヴの本音が聞けたし、終わりよければすべてよしだ。そうだろう？」

ユリウスはさっぱりとしていた。イヴを責めようとしない。その清々しさが、イヴには体に沁み渡るように気持ちよくて心が躍った。

「ええ。もう決めたから。ユリウスのおかげで……あっ、……ん」

胸の頂はすでに立ち上がり、ユリウスに弄られるたび体の奥が疼いている。

「とりあえず、まずはこっちに集中してくれないか？　イヴには確実に生き返ってもらわないと困るし、ついでに理性が吹き飛ぶくらい感じてもらわないと困る」

ユリウスがわざと音を立てながら、イヴの胸を舐め回す。舌の動きに同調するように甘ったるい声が上がるし、もどかしくて仕方がない。

「――ひゃぁっ、ユリぅ……っ!!」

ユリウスの指が割れ目をなぞり、イヴの背中が興奮に粟立った。もう止まらない。ユリウスが欲しくて欲しくて苦しいくらいだ。

「いい声だ。イヴ、そのまま。……私に任せて」

舌と舌、唾液と唾液を絡ませて濃厚なキスを続けながら、ユリウスの指が秘所に埋まっていく。そこはすでにトロトロで、二本の指を難なく呑み込んでいった。

「はぁ……ぅ、んんっ」

内側から、ユリウスの指が襞を丁寧に愛撫していく。優しくて、切なくて、ずっと欲しかった感覚にイヴはつい涙を零す。

三年越しのこの瞬間をゆっくり楽しみたいような、事情は無視して乱暴に何もかも奪ってほしいような。イヴは両極端の欲求に駆られていた。

吐息をこぼしイヴはユリウスを見つめる。トロンとして、情欲の宿った妖艶な視線。

「……もうダメ、我慢できない。早くユリウスが欲しいの」

ユリウスの下半身に手を伸ばし、ギリギリに張り詰めていたそれをきゅっと握った。その瞬間、ユリウスが生唾を飲み込む音が聞こえた。

指先に触れた先端は熱く、先走った露でぬめっていた。欲望と衝動がすぐそこまで迫ってきているのがわかって、イヴは興奮でたまらなくなった。

「……っお願い、挿《い》れて」

切羽詰まったその一言に押されたのか、ユリウスが上半身を起こした。イヴの太腿を両手で押し上げ、腰と腰を近づけて、狙いを定めたあとは、一気に。

「あ、あ……あ……っ、あぅ、すごく……ふ、ユリウス……っ」

息を整える間もなく、先端が充てがわれたと思った途端、あっという間に奥まで達した。求めていたもの、隙間を埋めるもの。意識が飛びそうになるほどの快楽が襲う。

嬉しさと愛しさに、体中が共鳴していた。達したときと同じように、襞のうねりが抑えられない。

「はぁ……、……イヴ、あまり締めつけないで……っ」

「無理、だめ、できない。ユリウス愛してる、愛してるの……っ！」

二人は互いの体にしがみついた。イヴの中が蠢《うごめ》き、ユリウスの陰茎が呼応するように何度もびくつき返す。ある意味、イヴは感動していた。ユリウスとの交わりは過去にも経験があったが、体を繋げることにこんなにも幸せを感じたのはこれが初めてで、イヴは感極まっていた。

「……愛してる。本当に、イヴ」

いつの間にか快楽に貪欲になってしまった体は、より強い刺激を欲していた。

ユリウスは手短に囁いたあと、すぐに律動を開始した。

イヴの脚はユリウスの腰に回っている。そのせいで激しい動きを制限してしまったけれど、引いた腰が強く打ちつけられるたび、自然と艶かしい声が上がった。

何度穿《うが》たれてもそれが初めてのように感じられ、興奮が収まる気配はなかった。

「イヴ……あまり保たないかも、しれないっ」

「いいの。そのぶん……たくさん、出してね？」

恍惚とした表情で、イヴは恥ずかしげもなく強請った。自分でも以前より積極的で貪婪《どんらん》になっているような気がしたが、深く考える余裕はない。

「ユリウス、好き……キスしてっ」

イヴはひたすらにユリウスを求めた。まるでこれまでの反動のように。

愛液はすでに白く濁り、結合部からダラダラとはしたなく溢れている。

「奥……当たって……すごく、ユリウスの……っ！」

ユリウスの陰茎も限界だった。血流がみなぎり腫れあがり、爆ぜるときがすぐそこまで迫っていることを示している。

「イヴ、もう………っごめん、もう、出――」

ユリウスが太腿に力を入れ、イヴの腰に己の腰を力一杯打ちつけた。言い切るまで保たなかったのだとイヴは察し、ユリウスのすべてを受け取ろうと、全身を駆使して彼に無我夢中で抱きついていた。膣壁に伝わる振動から射精が行われていることを実感し、イヴもまた、とてつもない充足感に満たされる。

「イヴ、……ごめん、我慢できなかった」

吐精しきったあと、恥ずかしそうにユリウスがぽつりと呟いた。まだ体も頭も燃えており、心拍数も上がったまま。

イヴはゆるく頭を振ってユリウスの謝罪を否定すると、上にかぶさる彼の胸をやんわり押す。

「……イヴ？」

なすがまま、ユリウスは上半身を後ろに倒し仰向けに寝そべる。その代わりとばかりにイヴが上体を起こし、彼の体に馬乗りになった。

指を広げ、首のほうから下腹部のほうへユリウスの肌を愛撫する。

「次はわたしが動くわ。ユリウスは横になって休んでいて？」

妖《あや》しく微笑み、ユリウスの唇を食《は》む。イヴの大きな胸が揺れ、ユリウスの胸と擦れる。

「イっ、イヴ？　あなたってそんなに積極的だった……？」

ユリウスの動揺が手に取るようにイヴにわかった。それと同時に興奮と期待も。役目を終えたはずのユリウスの陰茎が、イヴの中で再び硬度を増してきていたのだ。

イヴは舌を出し、いたずらっぽく笑ってみせた。

「ユリウスがわたしを変えたのよ。積極的なわたしは嫌い？」

背を伸ばしながら腰を動かし、好いと思う場所を探りながら。

「そ、そんなこと！　……そんなことない。今のイヴもとても素晴らしい。ますます虜になりそうだ」

ユリウスの答えに、イヴは満足の笑みを浮かべた。

「それはよかった。わたしだって、もうユリウスと離れたくないもの」

二度目の蘇生を経験し、イヴは生まれ変わったようだった。何もかもが美しくて愛しくて、生気に満ち満ちていた。

共に人生を歩むと決めてもなお、限りある時間を惜しむように、二人は明け方まで情熱的に愛を確かめ合った。

エピローグ　最愛の人と生きる未来

翌朝、目覚めたユリウスは真っ先にイヴの姿を探そうとした。彼女が蘇ったのが現実だったと確信を得るためと、蘇った彼女が逃げていないか確認するためだ。

しかしその必要はなかった。寝台に寝そべる己のすぐ隣にはイヴがいて、彼女はすでに起きていた。空色の澄んだ瞳でユリウスを見つめていたのだ。

「……おはよう、イヴ」

「おはよう、ユリウス」

腕を伸ばし、彼女の背中に回しても、イヴは嫌がることなく受け入れる。それどころか、ユリウスのほうに身を寄せて、上掛けの中で密着しようとする。

これは現実か？　と数度確認し、ユリウスは幸せに打ち震えた。遠回りはしたものの、結果としてユリウスは最も欲しかったものを最高の状態で得ることができたのだ。

穏やかな朝、隣には最愛の女性。もう寂しくない。独り枕を濡らすこともない。

「よく眠れた？」

よく、と言ってもまぐわいが終わったのは明け方。今からほんの数時間前だ。

なんとなく少し恥ずかしく感じつつ、ユリウスはイヴに声をかけた。

「……いいえ。実は、あまり。三年も眠ってばかりいたし、ユリウスと会えたのが嬉しくて、目が冴えて眠れなかったの」

悪戯っ子のように舌を出してふにゃりと笑ってみせるイヴは、相変わらず若々しい。

ぱっと見は二十代前後の容姿だが、動く姿はもっと年若く見える。かと思えば、情事の最中などそこはかとない色気を放つこともある。

一緒にいればいるだけ、イヴの魅力の奥深さにどっぷり浸かって抜け出せなくなる。ただ、それを恐ろしいとは思わなかった。これから始まる幸せな日々が待ち遠しくてたまらないだけだ。

「今日、即位後三周年の式典を開催することになっているんだ。即位の時にできなかったバルコニーデビューも、今日する手筈になっている。もしよかったら、イヴも一緒に出てくれないか？　復活した奇跡の魔女、そして、私の婚約者として」

イヴは昨夜、プロポーズを受け入れてくれた。だからきっといい返事が聞けるはず。

ユリウスはそう祈ったが、イヴは三年前と同じように顔に不安を滲ませる。

「でも……人前に出られるようなドレスがないわ」

イヴの返答に、ユリウスは呆気に取られ、笑った。不安は不安でも、ドレスの不安だったのか。拍子抜けすると同時に、ますますイヴが愛しくなった。

「イヴ、私が何も用意していないと思う？」

ユリウスは自信満々に告げる。

「あなたの復活を信じていたから、そのつもりで準備してきた。それはもう、完璧に。婚約発表の正式な書面も、結婚式の日取りもすべて決めてある。王妃となるイヴの世話をする侍女候補もすでに数名に絞ってあるから、また後日どの女性にするかあなた自身で選んでほしい」

ユリウスの滔々とした淀みのない台詞に、イヴもクスクスと笑い始める。

「ユリウスって本当に……ふふ、用意周到すぎるわ。あなたには敵わない、愛してる」

なすがままにイヴに抱きつかれ、贈られるキスをユリウスは拒まない。彼女の腰に手を回し、お返しとばかりに彼女の両頬に口づけた。

あと数時間後には国民の前に二人並んで立たねばならないのに、よからぬ欲求がムクム

ク膨らむ。ぴたりとくっついたイヴの下半身を、欲望がしずしずと押し上げてしまいそうだった。

「ユリウス、ひとつお願いがあるのだけど……」

そんな時、イヴが控えめに口を開いた。

「どうぞ、なんなりと。イヴの願いならなんだって叶えるよ」

ずっと身を引くことばかり考えていたはずのイヴが、おねだりまでするようになった。

ユリウスは感慨深く、胸がじんわり温かくなった。

「遠い未来、ユリウスが死んで埋葬されるときが来たら、わたしのことも棺に入れてあなたの隣に埋めてほしいの。確かにわたしは望まない蘇生を強要させられることもあるかもしれない。でも、わたしを起こす人がいなければ、わたしは死に続けられる。あなたと一緒に生き、一緒に死にたい。それがわたしのお願いよ」

イヴの願いは、ユリウスの想像と異なった。

ものでもなく、行動でもなく。

イヴは魔女だ。ユリウスと違ってその肉体は老いず、寿命もあるのかわからない。彼女はきっと何ものにも縛られぬ自由な存在であったはず。

ところが、縛ってほしいとイヴは言う。ユリウスに縛られることを願っているのだ。

「イヴ、それはダメだ。あなたには生きて――」

「いやよ。ユリウスがいない世界なんて、寂しすぎて生きていけない。……あなたを愛しているから」

何度説き伏せようとしても、イヴは決して退かなかった。

長い押し問答のすえ、ユリウスは彼女の願いを聞き入れることにした。イヴを深く愛するがゆえの判断だった。

死が二人を分かつまで――否、死ですら二人を分かたぬように。

＊　＊　＊

クロノキア王国三十代国王ユリウス・ハルヴァート・ヴォーロスが王妃イヴを得たのは、それから一年後。

クロノキアの建国から滅亡までの長きに渡る歴史の中、最も繁栄を築いたのは、ユリウス国王の時代に他ならない。

彼の妻は人間ではなく不老不死の魔女だったという記録が残っているが、真偽のほどは定かではない。ただ、ユリウス国王は常に国民と妻に感謝をし、愛し、最期までよき賢王であった。

二人は夫婦仲睦まじく、お互いを常に想い合い、五人の子にも恵まれた。

そして、ユリウス国王崩御の際、イヴ王妃はあまりのショックに時を置かず崩御した。

二人の亡骸《なきがら》の入った棺は、隣同士寄り添うようにして王家の陵墓《りょうぼ》に埋葬されたという――。


おしまい。

あとがき

こんにちは、葛城《かつらぎ》阿高《あたか》と申します。この度は『ネクロフィリアの渇愛』をお読みくださり、どうもありがとうございました。

本作、いかがでしたでしょうか。以前見た夢をきっかけに閃《ひらめ》き、数年間ずっと構想を練っていたお話だったのですが、今回こうして一冊の本にする機会をいただけたことをとても嬉しく感じています。

実は本作の作業中、かねてより闘病していた父が他界しました。緩和ケアや訪問看護サービスを利用しながらとても元気で穏やかな毎日を過ごしていたところ、容態が急変しあっという間に帰らぬ人となってしまいました。

身近な人を失ってはじめて、物語前半、イヴの復活を期待するユリウスの気持ちが私にも痛いほどわかりました。息を引き取ったあとも父はただ眠っているだけにしか見えず、むしろ胸のあたりが呼吸で上下しているような錯覚に陥り、そりゃユリウスだって期待するわいな、と妙に納得できたのを覚えています。

本作は死を扱っているので、不快に思われる方もいらっしゃるかもしれません。

ですが私は作者として遺族として、死してなお生き返れるイヴの存在をある種の救いだと考えます。現実において死者が生き返ることは不可能です。でも、創作の世界ならばその限りではありません。

生死の問題に限らず、悪者を盛大なザマァ展開で懲《こ》らしめることもできるし、恵まれない生まれのヒロインを超絶金持ちイケメン一途な石油王とハッピーラブラブさせることだってできる。

残酷な日々を生きるには、心にも栄養が必要です。一度現実から目を背け、優しい癒しに身を委ねる。それで回復してようやく、再び前を向いて歩けるようになるのではないかと、少なくとも私は思います。そして、私の書いた作品によって誰かの心を癒すことができたなら、作家としてこれ以上のことはありません。

……とは言ってみたものの、堅苦しいことは抜きにしてただただ楽しんでいただけたらもうそれで満足です！　ちゅき！（※好き）

最後に、美しいイラストを描いてくださった花綵《かさい》いおり先生、素敵な機会をくださった担当様、この本を読んでくださった読者の皆さまに感謝し、この場を締めたいと思います。

どうもありがとうございました！　また皆さまのお目にかかれますように！

葛城阿高

Sonya
ソーニャ文庫

この本を読んでのご意見・ご感想をお待ちしております。
◆あて先◆
〒101-0051
東京都千代田区神田神保町2-4-7 久月神田ビル
㈱イースト・プレス　ソーニャ文庫編集部
葛城阿高先生／花綵いおり先生

ネクロフィリアの渇愛《かつあい》

2020年11月6日　第1刷発行

著　　者　葛城阿高《かつらぎあたか》
イラスト　花綵《かさい》いおり
装　　丁　imagejack.inc
D T P　松井和彌
編　　集　葉山彰子
発 行 人　安本千恵子
発 行 所　株式会社イースト・プレス
〒101－0051
東京都千代田区神田神保町2－4－7 久月神田ビル
TEL 03－5213－4700　FAX 03－5213－4701
印 刷 所　中央精版印刷株式会社

ISBN 978-4-7816-9684-3
定価はカバーに表示してあります。